A
FERA DO
BRASIL

T.R. Connolly

A Fera do Brasil

Para minha linda noiva, Kathleen

Você alegra cada dia da minha vida

Acknowledgements:

Não me lembro de jamais ter falado sobre me tornar escritor quando era criança, a não ser em duas ocasiões:

- Certa tarde, numa reunião de família quando eu tinha 11 anos, meu tio, Joe Lee, se sentou comigo me perguntou o que eu queria ser quando crescesse. Eu lhe disse que queria ser escritor, e ele me escutou.

- Eu adorava escrever contos quando tinha 13 anos. A Irmã Julie Marie me disse: "Thomas, você devia ser um escritor."

As crianças precisam de incentivo. Não precisa ser muito; para mim bastaram duas ocasiões.

- Ao meu grupo de leitura, que fez deste um livro melhor por se envolver com ele e dar ótimas sugestões: obrigado a Gerri Allegrino, Maureen Connolly, Mary Jane Cooke, Barbara Geraghty, Denise Harkins e Joe Mastranunzio

CONTENTS

PARTE 1   Chunk 1

PARTE 2   Os Reis da Praia 61

PARTE 3   Lívia 95

PARTE 4   Manaus e as Olimpíadas 151

PARTE 5   Thiago 207

Epílogo 247

PARTE

1

1

15 de abril de 1996

R ecife, no Brasil, é aquela ponta da América do Sul que mais avança ao leste no Oceano Atlântico. Se Pangeia, o supercontinente original da Terra, fosse novamente unido, Recife se encaixaria perfeitamente no país africano de Camarões.

O céu acima da cidade de Recife está cheio de nuvens. As nuvens vêm em colunas, como se fossem expelidas por uma grande chaminé. Colunas retas como flechas; daí, fileiras delas. Mas não muito longe terra adentro, em especial ao longo do litoral, elas flutuam como um exército silencioso.

O menino está sentado na areia da praia de Boa Viagem, olhando para as nuvens, pensando nelas. Ele é a única figura na praia neste dia nublado. Está sentado ali, com uma bermuda bege e mais nenhuma roupa. Não é que vá entrar no mar; essa bermuda é a única roupa que ele tem. Ele está sentado, com os braços envolvendo os joelhos.

Um cachorro estava nadando e, agora, emergindo da espuma, nota o menino. Ele sacode a água de seu corpo baixo e comprido. É como uma reação em cadeia; a água sai voando em pequenas gotículas, começando na cabeça e avançando ao longo de todo seu corpo.

Chunk sorri ao ver o cachorro olhando para ele. O cão nota o sorriso, vem lentamente até o garoto e se senta ao lado dele. Os dois

3

ficam sentados na praia, sem se comunicar, apenas cada qual com seus próprios pensamentos, lado a lado.

Depois de um tempo, o cachorro se levanta e começa a ir embora. Ele para uma vez e olha para trás, para o menino; então, se vira e avança pela praia até se dirigir a uma das bancas de carne de sol à beira-mar. Normalmente, o cão pode contar com o dono da banca para ganhar sobras.

No dia seguinte, o menino, Chunk, está caminhando na Ponte de São Antônio, a qual atravessa o Rio Beberibe no seu curso rumo ao mar. O rio é uma latrina marrom imunda que carrega todos os elementos do lixo da cidade: papéis, caixas, plásticos, borracha, frutas, legumes e, às vezes, pássaros mortos. Peças de roupa flutuam preguiçosamente na superfície, ao lado de galhos de árvore.

Neste momento, no fim da tarde, quatro meninos mulatos, vestindo apenas o mesmo tipo de bermuda que o outro, estão correndo na extremidade oposta da ponte, seus pés grossos como couro de sapato movendo-se depressa sobre o concreto quente. Eles têm nas mãos o mesmo cachorro que se sentou ao lado de Chunk no dia anterior. Eles o levantam e lançam no rio. Daí, os quatro meninos trepam no parapeito de concreto e, um a um, mergulham na sujeira atrás do cão. Os cinco nadam até a margem e sobem de volta à rua para novamente fugir do calor úmido, lançando-se no rio.

À medida que os meninos tentam agarrar o cachorro, ele late, depois dá mordidas, tentando fugir do seu alcance, mas morrendo de vontade de estar junto com eles. Quando os quatro mulatos colocam as mãos nele, cada um agarrando uma das suas pernas, Chunk se aproxima deles. Ele é menor do que os quatro outros, mas aproximadamente da mesma idade, uns quatorze anos.

— Ei! — chama ele. — Larguem o cachorro.

O mais alto dos quatro meninos olha por cima do ombro e ri:

— Tudo bem, galera, vamos largar ele — na água. — Eles jogam o vira-latas sarnento na água lamacenta.

O recém-chegado corre até o parapeito e observa enquanto o cachorro se esforça para alcançar a margem.

O menino mais velho se aproxima de Chunk e diz aos outros:

— Agora vamos jogar na água *este* cachorro intrometido.

Enquanto todos riem e começam a avançar na direção de Chunk, ele de imediato derruba o menino mais velho com um soco direto no nariz. Com velocidade de relâmpago e o rosto agora torcido, parecendo mais buldogue do que humano, ele velozmente esmurra e chuta um após o outro, até que os quatro meninos estão caídos na ponte de concreto ao mesmo tempo.

Ele não diz uma palavra; vira a cabeça e se afasta. Todos os quatro meninos, incertos quanto ao que os atingiu, se levantam e observam Chunk rumar em direção à praia. O cachorro, agora de novo em cima da ponte, olha para os quatro e então olha para Chunk. Após ponderar as opções, segue Chunk.

Chunk caminha na direção da praia e ao longo dela, onde neste dia há muitos banhistas na água. Encontra um lugar para sentar. Caminhando ao longo da praia, uns cinquenta metros atrás dele, vem o cachorro, e mais cinquenta metros atrás do cachorro, vêm os quatro meninos.

Chunk DeLuna tem quatorze anos no dia em que conhece seus novos amigos. Ele está há nove meses no Brasil. Seu pai, que o trouxe junto de Porto Rico, morreu de modo violento seis meses depois de chegarem ao Brasil. E nos últimos três meses, Chunk viveu na praia e dormiu na praia ou, quando perturbado pela polícia, meteu-se debaixo do cais do porto. Porém, agora não está mais sozinho. Tem um cachorro; tem um grupo de quatro novos amigos que vieram se sentar ao seu lado.

— Onde você aprendeu a lutar assim? — pergunta Carlos, o menino mais velho, o primeiro a ser socado e o primeiro a cair.

— Meu pai me ensinou — diz Chunk a ele.

O menor, um menino chamado Raphael, que tem um tampão sujo sobre o olho direito, diz:

— Eu nem vi de onde veio aquele soco.

— É porque você é cego. — Os gêmeos Pedro e Paulo começam a rir alto.

— Não riam dele — ordena Chunk. — O que aconteceu com o seu olho?

— Não sei; ficou infeccionado ou coisa assim. Não consigo mais enxergar com ele. Quando eu coloco o tampão, ele não dói tanto — diz Raphael.

— Posso ver? — pergunta Chunk.

— Claro. — Ele levanta o tampão. Chunk se encolhe. É uma mistura de infecção e secreção de pus — vermelha, azul e roxa.

— Você precisa ir para o hospital.

— Eu já fui. Eles limpam o olho para mim, me dão remédio para passar nele — responde Raphael.

— Eles têm que fazer mais do que isso — diz Chunk com firmeza. — Eu vou lá com você amanhã. — Chunk de repente se sente melhor do que jamais se sentiu desde a morte de seu pai.

O menino mais velho, Carlos, pergunta a Chunk:

— Você fala meio diferente de nós. De onde você é?

— Porto Rico — diz ele.

— Onde fica isso? — pergunta um dos gêmeos.

— É uma ilha no Mar do Caribe — responde Chunk.

Depois de uma breve aula de geografia, Carlos lhe pergunta o nome.

— Chunk.

— Chunk? Que diferente. O que quer dizer?

— Nada, não quer dizer nada — diz Chunk, percebendo que não faz a mínima ideia de por que seu nome é Chunk. Ele sabe que seu nome de batismo é Juan DeLuna, mas nunca lhe ocorreu perguntar de onde saiu Chunk.

Os meninos dizem a Chunk seus nomes. Eles também são sem-teto; moram no porão dos prédios do conjunto habitacional a algumas quadras da praia.

— Eu morava aqui na praia, mas a polícia não parava de me incomodar — diz Carlos a Chunk.

— É, eles também me incomodam, mas eu só vou para baixo do cais. No geral, dormir por aqui é bom — responde Chunk, e acrescenta: — Hoje vocês ficam na minha casa.

Os meninos sorriem, sabendo que têm um novo líder. Carlos foi deposto com um único soco, mas não parece se importar.

6

Eles conversam pelo resto da tarde e, ao passo que o Sol se põe, vão em direção à rua para afanar alguma comida dos vendedores na beira da praia. O cachorro os segue.

— De quem é esse cachorro? — pergunta Chunk.

— De ninguém, ele só anda na nossa volta — diz o gêmeo chamado Pedro.

— Bom, agora ele é parte da nossa gangue. — Chunk ri e estende o braço para trás, para dar um tapinha no cão, que rosna porque ele se aproxima rápido demais. Ao perceber que o menino não quer feri-lo, ele se acalma. Chunk olha para o pelo que cai do cachorro e nota a infestação de sarna na sua pele.

Quando passam por uma banca que faz churrasquinho, Chunk vê um grande tambor de querosene no lado de fora. Ele rapidamente agarra o cachorro pelo cangote, o levanta e mergulha quase até a boca no tambor. O cachorro uiva, uma pungente agonia, quando as feridas abertas se enchem do óleo.

— O que diabos você está fazendo? — diz o assador da banca ao abrir uma porta lateral e testemunhar o batismo.

— O cachorro está com sarna — diz Chunk.

— Sei, isso vai matar todas as pulgas e o cachorro também. O que vocês estão pensando? Caiam fora daqui — diz ele com desdém, mas não irritado.

Chunk coloca o cachorro no chão, e ele sai correndo e latindo para qualquer pessoa que se aproxime. Quando os meninos o veem pela última vez, está correndo em direção ao mar.

— Bom, lá se vai um membro da gangue — diz o gêmeo Paulo.

— Que nada — diz Chunk. — Ele vai voltar e vai nos agradecer por isso.

— Você é louco — diz Carlos a Chunk com admiração.

— Louco como uma garota — responde Chunk.

— Como uma garota? — Pedro sorri.

— Sim, elas são muito espertas — responde Chunk.

O Sol desaparece e a noite se aproxima. Os cinco meninos caminham ao longo da praia e falam sobre seus sonhos para a gangue deles. Quando um casal passa por eles, de súbito, Carlos e Raphael derrubam o homem no chão e começam a espancá-lo.

— Passe o dinheiro! — grita Carlos, enquanto a namorada do homem assiste horrorizada.

Quando o homem coloca a mão no bolso, ainda deitado com o rosto no chão, Chunk agarra Carlos pelo braço e o empurra para o lado.

— Não, não é assim que se faz! — Chunk se inclina para ajudar o homem a levantar. — Desculpe. Meu amigo enlouqueceu. Por favor, nos perdoe. — Ele espana a poeira da parte de trás das calças do homem e lhe dá um empurrãozinho suave para que siga caminho. O casal aterrorizado acelera o passo, afastando-se da praia.

Chunk dá um forte tapa na cabeça de Carlos, o qual ergue as mãos como se fosse lutar boxe. Chunk imediatamente lhe dá um forte soco no estômago com o punho direito e, quando ele se encurva para a frente, o atinge na cabeça com o punho esquerdo. Carlos cai na areia; com uma mão estendida, implora ao seu agressor:

— Por favor, chefe, não me bata de novo.

Chunk se abaixa para ajudar Carlos a se pôr de pé. Os outros três membros da gangue mantêm suas posições, sem ter certeza do que está acontecendo.

— Carlos, meu amigo, se eu vou ser o seu líder, vocês não podem atacar pessoas quando não estou prestando atenção. Nós planejamos o que fazemos. Não agimos como retardados, só saltando em cima de qualquer um que passar.

— Desculpe, Chunk — diz Carlos com remorso.

Ainda mais tarde nesta noite, eles conversam sobre assaltar uma banca de concessão na praia, o que será bem mais lucrativo. Assim que o plano está desenvolvido, decidem testá-lo numa banca de água de coco. A pessoa que trabalha na banca estaria na frente, com o facão e os cocos. Os gêmeos Paulo e Pedro chegariam pela frente da banca, fingindo comprar um coco. Raphael ficaria de olho.

— Só um olho! — diz Pedro, e ele e Paulo estão rindo novamente.

Chunk dá um tapa na cabeça de Pedro e diz:

— Eu já falei sobre isso.

Carlos e Chunk, os mais fortes, viriam por trás da banca, agarrariam o vendedor e o jogariam no chão. Então, pegariam o dinheiro nos bolsos dele e debaixo do balcão. Também pegariam o facão que o vendedor usa para decepar o topo dos cocos, e todos os cinco fugiriam para a escuridão da praia. O facão seria o começo de seu arsenal, disse Chunk.

— Sempre que a gente ver armas, vamos pegar. Vamos precisar delas no futuro.

O plano funciona perfeitamente, mas enquanto todos correm para a praia, com Chunk na retaguarda, um braço envolve o pescoço dele. É um policial que testemunhou o fim do roubo e esperou ao lado de uma pequena construção para agarrar pelo menos um dos assaltantes. Ele segura Chunk numa chave de pescoço enquanto pede ajuda a um parceiro que está do outro lado da avenida que margeia a praia. Bem no momento em que o parceiro está atravessando a rua e o policial dando a chave de pescoço em Chunk o está arrastando para a rua, este último policial grita de dor e tenta alcançar a perna. Nesse segundo, Chunk escapa e corre para a parte escura da praia, notando que um pequeno cachorro cravou os dentes na panturrilha do policial.

— Meu cachorrinho! — chama Chunk. E com o policial agora no chão, o cachorro o larga e sai correndo atrás de Chunk.

Os cinco meninos correm para dentro da noite negra, rumo ao cais. Ninguém pode pegá-los agora.

Sob o cais, todos dão tapinhas, parabenizando o herói da noite — o comprido e baixo cachorro sarnento, agora menos sarnento.

— Temos que dar um nome para um cachorro como você — diz Carlos.

— Ele parece uma salsicha; vamos chamar ele de Salsicha — diz Raphael.

— Vamos chamar ele de Baixinho, Cortito — diz Chunk, batizando seu cachorro. — Aqui, Cortito — diz, agora olhando para o animal, que veio para o seu lado. — E vamos chamar nossa gangue de Reis da Praia. Somos os reis desta praia! — Chunk ergue os braços e começa uma dança, e os outros meninos o seguem, dançando com alegria, não pela sua pobreza, mas pela sua recém-descoberta riqueza: a fraternidade da gangue. E Cortito abana o rabo e late junto com a sua gangue.

9

No dia seguinte, os cinco meninos vestindo apenas bermudas e um cachorro baixinho entram no hospital São Francisco. Eles vão à entrada de emergência, e lhes é dito que aguardem junto com a aglomeração de pessoas pobres em busca de ajuda.

Depois que passam duas horas e ninguém chama o nome de Raphael, Chunk se levanta para obter alguma atenção.

— Não, Chunk, precisamos esperar a nossa vez — diz Raphael a ele.

— Fique sentado aí, Raphael; eu já volto — diz Chunk ao entrar pela porta por onde outros pacientes passaram para receber tratamento.

Alguns minutos depois, Chunk aparece com um médico em pé ao seu lado. Ele acena para Raphael entrar e ergue a mão, indicando que os demais devem aguardar ali.

Chunk acompanha Raphael e o médico até a área de triagem, e o médico fecha a cortina após eles. Ele examina Raphael, chama uma enfermeira e diz a ela várias coisas. Ela traz alguns instrumentos e os põe numa mesa de metal ao lado do médico. O médico pega uma lente de aumento e um instrumento metálico longo e fino, e faz Raphael se deitar. O médico acende uma brilhante luz acima de sua cabeça e passa a examinar o olho infeccionado de Raphael.

Depois de uns minutos sondando, ele dá um passo atrás, apaga a luz e diz a Chunk:

— Raphael está com uma infecção muito séria embaixo do olho. Precisamos fazer um pequeno procedimento, tirar o que tem lá, aplicar antibiótico e limpar. Podemos fazer isso hoje à tarde.

Ñ Bom. Nós vamos ficar esperando do lado de fora — diz Chunk.

— Não, vocês precisam ir embora. Seu amigo vai precisar passar a noite no hospital para ter certeza que a infecção está diminuindo. Podem voltar amanhã — conclui o médico.

— Eu volto para buscar ele amanhã de meio-dia — diz Chunk. Ele caminha até a maca, coloca o braço ao redor de Raphael, que agora está sentado, e diz: — Você vai ficar bem. Ele é um bom médico e vai fazer o seu olho melhorar. Faça tudo o que ele diz e não tenha medo.

— Sim, Chunk. Obrigado — diz um grato Raphael.

— Fique aqui, Raphael. Vou preparar você daqui a pouco — diz o médico e então sai.

Quando Chunk se levanta para ir embora, Raphael pergunta:

— O que você disse para o médico, Chunk? Eles nunca gastaram tanto tempo para descobrir o que tinha de errado com o meu olho antes.

Chunk coloca a mão dentro da sacola de lona que ele está carregando e mostra a Raphael o facão que tinham roubado da banca de água de coco na noite anterior.

— Eu disse que você estava muito doente, que já tinha vindo aqui muitas vezes e ninguém tinha resolvido o seu problema. Disse que estava aqui para garantir que isso fosse resolvido hoje. Coloquei minha mão dentro da sacola e peguei o facão. Quando eu estava para tirar o facão da sacola, o médico disse: "Você tem razão de estar preocupado com seu amigo. Vou dar uma olhada e cuidar dele."

2

Quando ele tinha dezenove anos, a moça com quem morava no conjunto habitacional teve gêmeos, o terceiro e quarto filhos deles. Ter os bebês ajudou DeLuna a conseguir um apartamento de quatro cômodos na habitação social. Ele gostava de ter uma moradia permanente. Gostava de poder transar quando quisesse.

Suzanne também gostava de ter sua própria casa. Quando ela não estava dormindo junto com os rapazes debaixo do cais, estava com sua família de nove pessoas num apartamento de quadro cômodos, dois prédios adiante do apartamento que finalmente conseguiu junto com DeLuna. Embora DeLuna pudesse ser um amante brutal, Suzanne achava que morar com ele, cuidar dos seus filhos, proporcionaria segurança e liberdade para ela. Afinal, pensava, o que mais podia fazer uma moça de vinte e um anos com quatro filhos?

Os negócios de DeLuna estavam crescendo. Os seus Reis da Praia agora contavam com vinte e três membros. Dos roubos ao longo da praia, a gangue havia evoluído a seguir para a prostituição. Era fácil. A gangue oferecia as meninas que vinham até eles debaixo do cais a homens mais velhos em busca de sexo. Sob o manto da escuridão, a praia se tornou seu bordel. Os cem metros entre a beirada da maré alta e o quebra-mar davam espaço para a gangue conduzir os negócios. As únicas luzes ao longo da praia eram postes de rua, fracos pela idade, não iluminando mais de vinte metros da areia além do quebra-mar. O muro do quebra-mar em si era útil: a gangue pintou nele um número a cada trinta e poucos metros ao longo da praia — por quase dois quilômetros. Os números eram os "quartos do bordel". Um homem vem procurar uma menina e paga a Raphael, que dá ao cliente um número. O cliente vai andando pela praia até encontrar seu número no muro. Naquele ponto, uma menina está esperando por ele, e os dois vão na direção do mar, encobertos pela noite negra. Há bastante espaço para os casais não verem uns aos outros, mas nas noites calmas, quando o ruído das ondas não é tanto, podem ouvir as paixões dos outros na praia escura.

****

As toalhas estavam espalhadas na praia. Eles haviam chegado cedo, enquanto o Sol abrasador ressecava e compactava a faixa de areia que se estendia por onze quilômetros. As quatro crianças estavam ocupadas brincando; as mais velhas, duas meninas de aproximadamente cinco e quatro anos de idade, estavam no mar; os mais novos, gêmeos de dois anos de idade, estavam cavando na areia. A mãe vigilante, coberta com uma saída de banho, estava sentada, observando todos eles ao passo que soprava uma brisa salgada do oceano. Eram nove horas da manhã na praia de Boa Viagem, em Recife.

O pai chegou completamente vestido, tirou do ombro uma mochila e se sentou numa toalha. Era baixo, robusto e parecia tenso, mexendo as mãos com agitação. Depois de algumas palavras, a mãe começou a voltar em direção à rua paralela à praia. O pai a seguiu. Ao ver isso, a mãe parou, e um dos gêmeos correu chorando atrás do pai, que não parou. A mãe, irada, pegou o menino de dois anos e foi para a beira da água.

Ela pensou consigo: "Ele me colocou no meu lugar." Caminhou de volta até as toalhas, chutou a mochila do pai e pensou de novo: "Você tem que aguentar pelas crianças. Sua vida acabou; a delas está só começando." O menino se contorceu até se livrar da mão da mãe e saiu em disparada. A menina mais velha veio e se aconchegou à mãe. A mãe abraçou a filha — frustrada, confortada.

O pai apareceu novamente na praia e passou direto pela sua família, como se nenhum deles estivesse ali. Parou cinquenta metros adiante e se sentou na areia.

A mãe se levantou, pegou no colo o menino de dois anos e andou até o homem. Um mecanismo de defesa que havia aprendido. Ele nunca lhe batia quando ela estava com um dos seus filhos no colo. Todas as outras crianças marcharam até onde a mãe agora estava, ao lado do pai delas. Ele se afastou, caminhando de volta rumo às toalhas.

A família o seguiu. Três das crianças foram brincar, enquanto a mãe e o pai estavam sentados a meio metro de distância um do outro, a mãe ainda agarrada a um dos gêmeos. A mãe, uma mulata morena, tinha aparência jovem, mas cansada. Ela disse algo ao pai das crianças. Ele se voltou para ela, trouxe seu rosto a centímetros dela e falou. Eles trocaram palavras; ela através de dentes cerrados e um maxilar enrijecido. Era uma discussão sussurrada, abafada pelo barulho das ondas que quebravam peto dali. Os rostos dos pais mostravam que a briga silenciosa estava se tornando mais irada. Abruptamente, o pai tomou o menino dos braços da mãe e recolheu o outro gêmeo. Com um menino em cada braço, saiu andando da praia rumo à Avenida Boa Viagem.

A mãe, com as costas voltadas para ele, colocou a mão esquerda na cabeça e começou a chorar. A menina de cinco anos correu até a mãe, pegou uma toalha, sacudiu-a e envolveu seu corpo molhado com ela. Ela olhou na direção do seu pai e disse:

— Aonde o papai está indo?

A mãe disse alguma coisa. A menina enrolou a toalha em volta de si com mais firmeza e se sentou ao lado da mãe. Depois de alguns minutos, a menina menor se juntou à maior e à sua mãe. As duas meninas começaram então a brincar na areia.

A mãe se levantou, dobrou as toalhas e ajuntou a mochila, brinquedos e toalhas num só lugar. Daí, foi se sentar na areia com as duas filhas. Elas conversaram. As três fizeram pequenas esculturas de areia com os baldinhos e pazinhas verdes e amarelos de plástico.

A discussão havia começado na noite anterior, como todas as suas discussões. Eles começavam à noite e prosseguiam até o dia seguinte, até que ela cedia. Ela sempre cedia. Precisava ceder. Precisava dele. Ele não era confiável, mas de algum modo eles sobreviviam em sentido financeiro.

Lentamente, ela pôs areia num baldinho; as meninas fizeram o mesmo com os outros dois baldinhos. Pensou que ele talvez estivesse sempre tenso, sempre perdendo a cabeça, devido ao peso das responsabilidades: quatro filhos com menos de seis anos, esposa, apartamento, dívidas e um velho Toyota guerreiro. Ele nunca gostou de vir à praia com a família. Ele dizia que gostava de vir sozinho.

À medida que as estruturas de areia que a mãe e as filhas construíam se tornavam maiores, as três perceberam que haviam construído uma pequena cidade. As meninas passaram a ampliar os limites dela. A mãe passou a relembrar o passado mais distante. Ele sempre fora tenso. Não era a responsabilidade. Era apenas seu modo de ser — irritado com facilidade, um botão esperando para ser apertado.

As amigas de Suzanne questionavam o que ela via nele. Sua mãe de imediato não gostou dele. "Vocês são diferentes demais, querida", foram as suas palavras. Chunk DeLuna era diferente, muito diferente dela. Suzanne era dócil, calma e alegre. Concentrava-se nos filhos. Até onde Suzanne sabia, ele não fazia muito — passava a maior parte do tempo com a gangue, sua importantíssima gangue. Ela era jovem quando se conheceram; ele era ainda mais jovem. Ele tinha um certo charme. Seus outros amigos eram atraídos a ele, mas apenas os rapazes. As garotas sentiam repulsa. Suzanne pensava nisso de tempos em tempos e concluiu que se tratava de alguma forma de magnetismo animal, uma liderança animal, onde o rei da selva prevalece e domina. Eles se conheceram na praia. Ela era uma das garotas que passavam o tempo debaixo do cais e, como tantas meninas pobres, entrou para a prostituição para ganhar dinheiro. Era uma das "vadias do muro", como Chunk e Carlos chamavam as meninas que Raphael gerenciava no bordel da praia. Mas uma noite, quando Chunk era novo e estava apenas começando, ela fez sexo com ele. Na época, ele não tinha muita experiência, mas ela o ensinou e ajudou. Desenvolveu-se um relacionamento, uma lealdade e depois uma família. Ela era uma das poucas meninas que pensavam que Chunk poderia se tornar alguém; as outras que conhecia tinham medo dele, se não por causa da sua aparência, então por causa do seu comportamento — violento, brutal, cruel.

Dois anos mais velha que DeLuna, Suzanne era a influência mais estável que ele já tivera na sua vida depois que sua irmã, Silvana, em Porto Rico, ajudara a criá-lo quando sua mãe morreu.

As coisas começaram a mudar bem cedo no relacionamento deles, porém, pois Suzanne ficou grávida intencionalmente e teve o primeiro filho aos dezesseis anos; Chunk DeLuna, o pai, tinha quatorze. A armadilha fora disparada. Ela se negou a fazer um aborto embora ele pedisse. Em cada uma das suas gestações posteriores, DeLuna também pediu que Suzanne abortasse. Ele se recusou, e o abismo entre eles se aprofundou. Mas ele continuou com ela e com os filhos, apesar do notório costume entre os membros de sua gangue, de abandonar as meninas que engravidavam.

"Como um homem, ou melhor, um menino, se torna igual a Chunk?" ela pensou. Ela sabia; arrazoou que ele tinha seus cacoetes, que se tornavam mais exagerados a cada ano que passava. O que ela não tinha previsto era até que ponto ele se tornaria mais perverso com ela e mais exigente com todos, em particular com sua gangue. Sendo uma mãe adolescente, ela se preocupava com comida, abrigo e roupa; com seus bebês; e, de vez em quando, com o homem selvagem que toda noite adentrava seu apartamento. Mas ela podia perceber agora que os cacoetes estavam ficando piores e maiores. "E eu?" pensou, passando a areia por entre os dedos, agarrando as meninas. "Quem sou eu em comparação com quem eu era? Em que me tornei, ficando com ele, criando meus filhos na sua casa?" A menina alegre ainda podia ter seus momentos com os filhos. Ela fazia de tudo para garantir que estivessem felizes. Quando sua mãe estava viva, ela fortificava Suzanne por lhe dizer que as crianças eram iguais a ela — leves, felizes, sem um pingo da escuridão dele. Agora que sua mãe havia falecido, ela estava só. Ela aguentaria firme por eles, mas era difícil. Era tão difícil fazer tudo o que devia: cuidar da casa, alimentar as crianças com o pouco que Chunk lhe dava para as compras, limpar, vestir, remendar. "Tem que haver um jeito melhor", ela pensou.

Quando se conheceram, Chunk era empolgante, perigoso já naquela época, mas empolgante aos seus quatorze anos de idade. Já fora preso várias vezes, assim como cada um dos membros da sua gangue. Daí, ele engravidou a filha assanhada de um tenente da polícia. DeLuna foi acusado de estupro presumido; a menina tinha treze anos. Foi sentenciado a um ano de prisão. Suzanne confirmou que também ela estava grávida com a primeira filha deles logo após Chunk ser encarcerado. A prisão para a qual ele foi enviado era um projeto habitacional dilapidado que sofrera uma espécie de reforma: grades foram instaladas nas janelas, portões de ferro substituíram as portas dos apartamentos e uma cerca de arame farpado com 3 metros de altura foi instalada ao redor do perímetro. A prisão era considerada de segurança mínima. Na maioria, os prisioneiros estavam encarcerados por menos de dois anos e por crimes não fatais.

Suzanne passou a visitar Chunk uma vez por semana, aos sábados. Achava que podia ajudá-lo a se tornar um homem; ela o amava e queria um pai para a filha que teria. Na longa viagem de ônibus para vê-lo, ela ouvia as palavras de sua mãe: "DeLuna não presta para você." Parte da voz no íntimo dela dizia: "Fuja, fuja o mais depressa que puder." Outra parte dizia: "Faça dele um homem de verdade."

****

Na sua primeira visita para ver DeLuna atrás das grades, ela esperava que ele enxergasse seus erros e se comprometesse a se reformar. A primeira viagem de ônibus pelas poeirentas ruas da cidade, através de cinzentas e imundas favelas suburbanas, sobre os morros da zona rural e perto da enormidade invasiva da mata verde e profunda a oeste levou duas horas inteiras. Deu a Suzanne — jovem, cheia de esperteza das ruas, mas um tanto encantada — tempo para pensar. "Será que uma mulher se torna escrava do pensamento do amor por amar um homem demais? Será que todas as mulheres podem ser condenadas pelo pecado de Eva?" Essas eram as reflexões de uma menina de dezesseis anos — grávida, pobre e pensando num futuro que a levasse embora do presente.

Ñ Que crime? — perguntou DeLuna a Suzanne.

— Chunk, você estuprou a menina; ela só tinha treze anos.

— Eu te estuprei?

— Não.

— "Não" é a resposta certa. Aconteceu a mesma coisa com ela. Ela ficou dando em cima, paquerando. Ela conseguiu o que queria.

— Chunk, ela tinha treze anos. Os pais dela tiveram que mandar ela fazer um aborto.

— Bom para eles. Uma criança de treze anos não precisa de um bebê.

— E uma criança de dezesseis anos? — perguntou Suzanne.

— É a mesma coisa. Quem é que tem dezesseis? — ele perguntou, não totalmente furioso.

— Eu.

— Você! Você? — disse DeLuna, e sua fúria começou a subir. — Quem te engravidou? — perguntou DeLuna do outro lado da mesa de metal na grande e ampla sala de visitação. Tinha uma carranca indignada no rosto.

— Sim, eu — ela disse e acrescentou — Quem, quem me engravidou? Quem você acha?

— De jeito nenhum.

— Sim, foi você. Eu não estive com mais ninguém desde a nossa primeira vez — disse Suzanne, um tanto orgulhosa. — Chunk, isso é um bom sinal. Podemos começar nossa família.

— Ficou louca? Faça o que a outra vadia fez. Aborte. Eu não quero nenhum filho.

— Chunk, eu te amo. Eu vou ter o nosso bebê. É bom que você esteja aqui. Vai te ajudar a mudar para não se meter em encrenca de novo.

— Suzanne, a gente se dá bem; não vá ferrar com isso. Eu não vou ter família, mulher ou filho, e ficar aqui vai me ajudar. Eu vou ser mais esperto no futuro, mais esperto a respeito de tudo. Assim que sair daqui, nunca mais vou passar um dia na cadeia.

— Fico feliz de ouvir isso. E acho que posso fazer você mudar de ideia sobre nós.

— Pode tentar. Você é uma garota bonita, Suzanne, e sabe transar gostoso, mas tire essa ideia de bebê da cabeça.

— Não. Eu vou ter o bebê.

DeLuna rosnou e se levantou.

— Ou você mata essa merda de bebê ou eu mato!

O guarda no fundo da sala gritou:

— DeLuna, sente e fique quieto!

Suzanne não estava chocada com a explosão de DeLuna. Ele era assim mesmo, mas ela estava magoada.

— Eu vou embora agora, Chunk. Não fale comigo desse jeito de novo, senão eu não volto.

— Oh, eu feri teus sentimentos? — DeLuna riu. — Mas que pena. — Ele ergueu a mão e apontou para ela com o dedo. — Mate esse bebê.

— Não. — Ela disse isso, se levantou e foi embora.

Suzanne realmente voltou para visitar DeLuna, várias vezes, mas ele sempre era igualmente agressivo. Perto do fim do seu ano de confinamento, ele pareceu abrandar quando ela não mais estava grávida. Ela era mãe; ele era o pai da criança. Durante aquele tempo ela sobreviveu com ajuda do pai e da assistência social, que lhe arranjou um pequeno apartamento de um dormitório, visto que tinha um bebê. A menina nasceu quatro meses antes de DeLuna ser posto em liberdade. Suzanne tinha dezesseis; Chunk tinha quatorze.

****

DeLuna voltou à praia, colocou sua esposa e quatro filhos dentro do velho Toyota e os levou para casa, a cerca de três quilômetros da praia. No caminho, ligou para Paulo do seu celular.

— Me encontre na minha casa às sete.

— Por que Paulo vem à nossa casa hoje à noite? — perguntou Suzanne.

Naquela noite, Chunk DeLuna, aos vinte e um anos de idade, deu Suzanne Cardoso, de vinte e três, e seus quatro filhos para Paulo, que tinha vinte e dois anos. Disse-lhe para cuidar deles, fazer deles sua família.

3

***

9 de maio de 2004

Os endinheirados e os europeus ricos, muitos dos quais são viúvas francesas idosas, moram ao longo da Boa Viagem. Seus prédios brancos reluzentes, dentro de condomínios, são voltados para o leste, com vista para as praias de Recife.

Os pobres moram a quatro ruas da praia, na esqualidez de moradias sociais sem janelas. Quando a brisas param, vêm as moscas, atraídas pelo lixo jogado através das aberturas onde normalmente seriam encaixadas janelas. Uma mulher pobre está apoiada em uma dessas aberturas, olhando na direção do mar em busca de uma brisa, olhando para onde moram os endinheirados e se perguntando se seria possível ir morar quatro quadras mais perto da praia.

Então essa mulher olha para baixo, da sua abertura no quinto andar, para as casas no espaço entre ela e os ricos; aquele é o próximo degrau na escada social, as casas da classe média. Na segunda e terceira ruas a partir da praia, há prédios de apartamentos menores, até mesmo algumas casas particulares.

São cinco e meia da manhã quando ela espanta uma mosca do rosto e nota que um homem emergiu de uma das casas particulares abaixo. Ele é baixo e de físico possante. Ele se alonga do lado de fora da casa e começa uma corrida leve até a esquina, depois vira à esquerda, na direção do mar. Ela o perde de vista e volta para dentro, para começar seu dia de trabalho.

O homem que está correndo leva menos de um minuto para alcançar a praia. Chunk DeLuna inicia assim todos os dias. Ele sabe que precisa continuar forte. Sabe que sua ferocidade verbal às vezes tem de ser reforçada com violência física. É o seu modo de vida. O que o elevou da solidão de viver sem teto foi sua força bruta. Esta lhe possibilitou tornar-se líder da gangue e lhe possibilitou permanecer como líder. O que estava no seu sangue não era o bruto que se tornara, mas sua lealdade aos da gangue e aos que lhe ajudavam. Embora ele seja duro com os membros de sua gangue, eles sabem que os defenderia a qualquer custo. Ele toma para si boa parte dos lucros da atividade da gangue, mas é generoso com seus rapazes. Eles diriam que ele é firme, mas justo.

Neste, como em tantos outros dias logo abaixo do Equador, o Sol irá aquecer o ar da Terra até trinta e oito graus. É o motivo por que ele corre cedo; a temperatura já é de vinte e sete graus. Esse é também o motivo por que a praia está cheia de recifenses bronzeados e saudáveis, caminhando e nadando antes das seis da manhã.

Não há vento nesta hora, somente uma suave brisa bem em cima da água. O mar está calmo, e as ondas, à medida que se aproximam da praia, nem sequer quebram ao levantar; elas simplesmente caem. Não há energia na água, apenas calmaria, o que é perfeito para as centenas de banhistas que entram cedo antes de começar o dia de trabalho.

Chunk vê a moça jogando frescobol com um homem jovem como sempre faz três ou quatro dias por semana. A primeira coisa que ele nota é a sua bunda descoberta. Há um fio-dental no meio dela, uma bunda arredondada e firme, cuja nádega esquerda brilha quando atingida pelo Sol que acaba de subir acima da beira do mar. E como faz sempre que passa, ele diz "Olá." O rapaz e a moça respondem.

Neste dia, Chunk faz algo diferente — ele para. Ele acha esta garota fascinante. Seu cabelo está puxado para trás, bem esticado. Ela é uns tantos centímetros mais alta que Chunk, e o jovem é uns tantos centímetros mais alto que ela. Ela é bonita, mas não linda. Tem um rosto forte, que demonstra a mistura de raças de tantos brasileiros. Seu corpo é teso, firme como um tambor, a pele esticada sobre os músculos do abdome, panturrilhas musculosas, coxas com o músculo principal ligeiramente saliente no lado externo de cada perna. Seus braços são firmes, mas não finos.

Ela para de jogar e olha para o estranho de baixa estatura que sempre cumprimenta, mas nunca antes havia parado.

— Nós te conhecemos? — pergunta ela com atitude e com um sorriso.

— Meu nome é Chunk, e eu quero sair com você — diz DeLuna, agora olhando para o homem jovem, desafiando-o a falar.

— Por que está olhando para ele? — ela diz. — Você quer sair com ele? — Ela dá uma risada zombeteira, e seu irmão ri junto.

Chunk sorri e diz:

— Não. — E, olhando para ela, acrescenta: — Não quero ofender ele.

O jovem sorri.

— Não ofendeu. Lívia é minha irmã. Mas quem é você para só chegar e convidar ela para sair? Nós não te conhecemos.

— Bom, eu te cumprimento toda manhã. Eu te vejo aqui; é como se eu te conhecesse.

Nisso, Lívia se apanha pensando: "Eu já vi esse homem no bairro, já ouvi falar da reputação dele." Ela está certa; ele é conhecido na área como líder de uma implacável gangue de ladrões e traficantes. Ela pensa que ele parece razoavelmente amigável, embora não seja muito agradável de olhar.

— Só porque você me cumprimenta não quer dizer que eu te conheço — diz Lívia. — O único jeito de você me conhecer melhor é se a gente sair; então, sim, eu saio com você. Quando?

O irmão de Lívia Cavalcanti, Jorge, está chocado. Ele também sabe a respeito de Chunk DeLuna e não acha que ele seja uma boa opção para Lívia. Mas não diz nada. Ele sabe mais da reputação de DeLuna do que Lívia, e DeLuna é o tipo de homem que ninguém quer irritar.

Chunk dá um sorriso largo, dois dentes de ouro visíveis onde antes ficavam seus caninos.

Chunk DeLuna não faz amor; ele devasta uma mulher. Isso estava entre seus primeiros atos de violência. O que ele queria, ele tomava; normalmente à noite, normalmente debaixo do cais, onde as meninas às vezes apareciam. Era onde estavam os meninos da gangue de Chunk; a isca perfeita para meninas insuspeitas, em busca de amor, que encontravam o horror na forma de Chunk DeLuna. Se uma menina resistisse quando Chunk começava a fazer sexo à sua maneira, podia ser facilmente espancada até a submissão.

Foi um Chunk diferente que levou Lívia à Churrascaria Olinda, um restaurante à beira-mar na antiga cidade de Olinda, logo ao norte de Recife. À medida que os garçons cortavam lascas de carne à mesa e traziam espetos de camarão, Lívia estava radiante. Ela nunca fora a um restaurante assim.

Depois, Chunk levou Lívia à sua casa. Ela gostou do que viu; DeLuna tinha tantas coisas. A família de Lívia recentemente saíra do conjunto habitacional, mas ainda não se mudara para as ruas da classe média. Eles começaram mais para trás, a sete ruas do mar, com um pequeno apartamento. A família Cavalcanti tinha quatro cômodos com janelas, que abrigavam seus pais, irmão mais velho e duas irmãs mais novas. Chunk tinha sete cômodos só para si.

— Isso é bonito — disse ela a DeLuna, olhando em redor para os móveis, plantas de grandes folhas e pôsteres coloridos nas paredes.

— Obrigado. Deixa eu te mostrar outra coisa bonita. — Ele abriu a braguilha e se aproximou dela.

— Quer que eu me lembre de você desse jeito? Como um porco grosseiro? — ela perguntou.

DeLuna paralisou, sua fúria subiu rapidamente.

— Quer fazer amor comigo? — perguntou Lívia ao vulcão.

— Sim — disse ele, tirando a mão de dentro das calças, relativamente desarmado pela franqueza de Lívia.

— Me mostre seu quarto — disse ela com autoridade. — Não sou uma vagabunda que você vai comer. Se vamos fazer amor, vamos fazer direito ou não vamos fazer nada.

Chunk fez que sim com a cabeça. Nenhuma menina ou mulher jamais falara com ele daquela maneira. Ele caminhou até o quarto, e Lívia o seguiu. E Lívia mostrou a Chunk como fazer amor. Ensinou-o a passar com carinho a mão pelo corpo dela. Envolveu as costas dele com os braços; eram largas e nada macias. Deixou que ele

24

segurasse sua bunda firme enquanto beijava seu pescoço. Quando ele começou a chupar o seu pescoço, ela recuou e lhe deu um tapa no rosto.

DeLuna se sentou na cama, enfurecido, e levou o braço para trás, pronto para lhe quebrar os dentes.

— Se você encostar em mim — gritou ela diretamente na face dele — nunca mais vai encostar neste corpo de novo e nunca vai saber como é o paraíso.

Naquela noite, ela o domou. Ele se tornou manso, mas somente para ela. E ela foi morar com ele na mesma semana. Chunk DeLuna tinha vinte e dois anos e encontrara em si um lado amável. Lívia Cavalcanti tinha feito dezesseis anos dois meses antes.

4

Chunk DeLuna tinha uma teoria de negócios; para ele, era uma fórmula simples: força física e nenhum escrúpulo, combinados com compreender em que negócio se está. Ele tinha vinte e três anos de idade quando sua teoria de negócios começou a se cristalizar.

— Carlos, o tempo também é importante. Quando tivermos trinta anos, não vamos querer cuidar de meninas fazendo programas na praia. Membros da nossa gangue podem cuidar disso. Nosso trabalho, o seu e o meu, vai ser diferente. Temos nossos assaltos, extorsões, as prostitutas e as drogas. A gangue pode cuidar disso. Nós precisamos nos concentrar nos clientes. Muitos deles têm dinheiro, mas também têm outra coisa que nós não temos — influência. Esses caras tomam decisões, são donos de empresas, estão no governo. Eles gostam de apostar. Precisamos incluir apostas.

Carlos escutou em parte. Estava preocupado com a ligação que recebera de Raphael, dizendo que fora apanhado pela polícia por cafetinagem. A regra número um com DeLuna era que ninguém fosse preso. Carlos não havia contado a Chunk sobre a ligação de Raphael e estava decidindo como devia abordar o assunto. Seu cérebro estava realizando tarefas múltiplas, ao passo que pensava no interrogatório que fizera com Raphael sobre o que a polícia queria com ele. Descobriu que Raphael não entregara nenhuma informação, mas a polícia queria usá-lo para se infiltrar na gangue de DeLuna. Ele disse a Raphael que não contasse para mais ninguém o que havia ocorrido. E embora Raphael fizesse parte da gangue maior de DeLuna, seu primeiro chefe era Carlos. Entre os quatro originais — Carlos, Raphael, Pedro e Paulo — eles ainda eram uma gangue. Uma gangue dentro da gangue maior de DeLuna. Essa tentativa de infiltração incomodava Carlos. Significava que a gangue estava agora no radar da polícia — não mais encarados como pequenos ladrões, mas como um empreendimento criminal maior. Ele precisava pensar bem nisso. Tinha certeza de que não contaria a Chunk, o qual poderia encarar a tentativa de chegar até Raphael como um elo fraco que talvez precisasse ser eliminado.

— CARLOS! Você ouviu o que eu disse? — inquiriu, aos berros, o exigente DeLuna. Era um traço seu gritar com quem ele achasse que o estava ignorando. Era uma insegurança. Ele precisava importar; precisava ser ouvido.

— Sim, Chunk, eu ouvi o que você disse — respondeu o homem alto. O que também se passava na mente de Carlos era um modelo organizacional. O que Chunk disse fazia sentido, mas Carlos estava vendo algo mais. — Chunk, nós temos unidades separadas, com Raphael cuidando das meninas e Pedro e Paulo das drogas. Nossos clientes pagam pelas meninas, pagam pelas drogas — os mesmos clientes. Alguns clientes das drogas procuram meninas com outros. Eles deviam vir até nós para tudo: meninas, drogas, apostas. Devíamos oferecer a eles um serviço que inclua todos esses "negócios".

— Você estava escutando — sorriu DeLuna. — É isso! Esse é o nosso negócio: serviços. Se você quer, nós temos. — DeLuna pulou na sua cadeira.

— Nós precisamos de alguém que coordene essas nossas unidades. Alguém que consiga ver o quadro geral — entusiasmou-se Carlos. Ele era a razão do sucesso de Chunk. Ele tinha um grande cérebro ao passo que DeLuna tinha músculos ferozes.

— Você. — DeLuna pulou novamente. — Precisamos que você faça isso. Você entende da coisa, Carlos. Preciso que você planeje tudo.

E Carlos e Chunk de fato planejaram tudo. Quando DeLuna tinha trinta anos, havia unidades especializadas: meninas, drogas, extorsões e apostas. Mediante extorsão de políticos e agências do governo que emitiam licenças, a gangue conseguiu abrir dois cassinos — um na zona sul de Recife e um em Olinda. Carlos passou a manter registros escritos e arquivos sobre cada cliente. Carlos automatizou os arquivos, que continham informações sobre quem usava todos os serviços deles e com que frequência. Se o cliente tinha um problema com drogas, Carlos se certificava de que também tivesse uma dívida com prostitutas e uma com apostas. O negócio era um serviço completo — quem usava uma parte dele usava o serviço todo.

Um cliente em particular estava à beira do abismo. Era um diretor de obras de Pernambuco, o estado no Nordeste do Brasil que englobava muitos dos empreendimentos criminosos de DeLuna. Sílvio Moraes nunca se fartava de cocaína e, com o tempo, havia passado para a heroína. Daí, ele evoluiu para prostitutas de luxo. Também foi dado a ele um alto crédito no cassino de DeLuna em Olinda. Carlos sabia que podia ter o que quisesse de Moraes. Tinha Moraes e sua alma na mão.

Certa noite, Moraes havia atingido seu limite no cassino. Estava totalmente chapado e queria mais de tudo. O gerente do cassino acompanhou Moraes até o escritório de Carlos e apresentou a situação a ele. Foi então que Carlos se apercebeu da oportunidade. Ele se levantou e disse:

— Aguardem aqui; eu volto logo.

Carlos andou de seu escritório até o de DeLuna, que ficava do outro lado do corredor, nos fundos do cassino de Olinda.

Depois de colocá-lo brevemente a par de Moraes e da situação dele, Carlos disse:

— Chunk, tem outra coisa. Moraes deve 600 mil dólares. Ele não pode pagar e está perguntando o que nós queremos. Ele quer aumentar o limite e também quer mais heroína.

— Vamos falar com ele — disse DeLuna, levantando-se e acompanhando Carlos de volta para o lado oposto do corredor.

— Sr. DeLuna! — O diretor de obras do Estado cumprimentou Chunk com um abraço.

— Meu amigo — disse DeLuna e, livrando-se do abraço que o puxara para perto do peito do homem, declarou: — Carlos me disse que o senhor precisa de uma extensão de crédito, um saque maior. É isso?

Moraes confirmou com a cabeça.

— É o meu prazer fornecer isso ao senhor — prosseguiu DeLuna.

Um sorriso atravessou o rosto do homem embriagado.

— Mas eu preciso de uma pequena garantia.

— Sim, é claro.

— Como o senhor vai acertar sua conta comigo? Ela já está bem alta, e o senhor está pedindo para aumentar mais um pouco. Como sabe, com a extensão de crédito, vai chegar a 800 mil dólares. — DeLuna disse isso e então perguntou: — Quanto você ganha por ano, Sílvio?

— Cento e sessenta mil reais — disse com relutância o homem endividado. — Olhe, eu posso lhe pagar com uma coisa que vale mais que dinheiro.

DeLuna, que guardava seu dinheiro em dólares, em bancos americanos no Brasil, converteu de cabeça os 160 mil reais: "50 mil dólares por ano; ele já me deve mais de dez anos de salário."

DeLuna riu; um sorriso torto, enlouquecido se espalhou em seu rosto.

— Sílvio, meu amigo, nada vale mais que dinheiro.

— Um contrato com o governo vale. Continua a render sempre — ofereceu Moraes, com confiança.

— Que tipo de contrato com o governo? — perguntou Carlos.

— Concreto. É o novo ouro do Brasil.

— Explique. — DeLuna se retesou, sem chegar aonde Moraes queria.

— Minha função é de diretor de obras. Eu coloco em licitação todos os contratos de construção do Estado de Pernambuco.

— E...? — disse DeLuna, impaciente.

— Estamos construindo um novo país com os lucros do petróleo. Flui o petróleo, despeja o concreto, jorra o dinheiro. Tudo tem a ver com concreto.

— Concreto, petróleo — chegue logo ao ponto — rosnou DeLuna.

— O petróleo não significa nada. Mas o concreto está nos permitindo construir o Brasil.

— Eu não trabalho com concreto; de que isso me serve? — disse DeLuna, dando seguimento à partida de xadrez.

— Mas se você tivesse uma empresa de construções ou de concreto, eu poderia encaminhar contratos graúdos, de muitos milhões de reais, para você.

A linguagem corporal de Chunk não era positiva. Sua cabeça virava de um lado para outro; seus pés se moviam. Carlos, por outro lado, começou a sorrir; uma luz tinha acendido.

— Acho que posso pensar em alguma coisa — disse Carlos. — Eu acerto os detalhes com o senhor — concluiu, entregando a Moraes uma autorização para mais cinquenta mil de crédito para aquela noite.

— Obrigado, meu amigo — disse Moraes, arrastando as palavras. — Não vou decepcionar vocês.

Depois que Moraes tinha saído do escritório de Carlos, DeLuna explodiu.

— Você deu mais cinquenta mil de crédito para o homem sem um plano para receber de volta! — gritou. — O que você está pensando?

— É exatamente para isso que você me paga: para pensar — devolveu Carlos. — Moraes pode não ter um plano, mas acho que tenho um para ele. Nós temos muitos clientes que nos devem. Um deles por coincidência é fabricante de concreto. Ele logo vai ter novos sócios — nós.

O cérebro primitivo de DeLuna estava acompanhando, embora muito mais devagar do que as ideias fluíam de Carlos.

— Chunk, é isso. É o nosso sonho: uma chance de conseguir uma fachada legítima, de expandir para dentro do governo. De fazer bom uso de toda essa coisa de unidades coordenadas — dependência, dívidas, informações de histórico. A gente estava jogando por migalhas. O que Sílvio ofereceu dá dinheiro para valer. A gente vai poder sair do nível mais baixo do negócio, parar com os pequenos roubos na beira da praia, parar de extorquir os donos das bancas. A gente vai poder elevar o nível do negócio, talvez até tornar a coisa totalmente legítima. Pelo menos, nas aparências.

DeLuna franziu a testa. Não estava mais aborrecido com Carlos, mas com sua própria capacidade limitada de perceber que sua teoria de negócios estava evoluindo para algo que ele conseguia compreender, mas não tão rápido quanto sabia que devia. Estava aborrecido porque Carlos era tão mais inteligente que ele. Por fim, acalmou-se por saber que Carlos não teria chegado até aquele ponto se não fosse por ele. Até onde sabia, Carlos ainda estaria mergulhando da ponte com Pedro, Paulo e Raphael, junto com o cachorro. Nisto se encontrava a teoria dos negócios, na dependência mútua — os músculos de DeLuna e o cérebro de Carlos. Esses seriam os fatores decisivos para administrar seu negócio numa plataforma de crime, alicerçada em drogas, prostituição, apostas e corrupção institucional revestidas de concreto.

****

Quando o Mercosul, o tratado de comércio livre da América do Sul, foi aprovado, prometia inaugurar uma nova era de crescimento regional para todas as empresas latino-americanas. Um produto de exportação originário da Argentina e do México que logo encontrou novos mercados no Brasil foi o cimento. O Brasil estava passando por um grande surto de crescimento, e as construções estavam na dianteira dessa expansão.

Exportadores de cimento da Argentina e a gigante empresa de cimento mexicana Cemex estavam gerando novos problemas, mais complexos do quaisquer outros com que os fabricantes de cimento brasileiros já se haviam deparado.

Esses exportadores estrangeiros ofereciam o cimento a um preço muito bom, mas buscavam se integrar horizontalmente às construtoras, oferecendo uma cadeia de fornecimento completa: entregavam o concreto na obra, misturado em seus próprios caminhões; faziam as armações e o isolamento nas áreas desejadas, como fundações, rampas ou escadarias. Faziam tudo isso pelo mesmo preço dos sacos de cimento dos fabricantes brasileiros, que não ofereciam o valor agregado da cadeia de fornecimento.

No entanto, a empresa de concreto que Chunk e Carlos desejavam adquirir era a oportunidade de dar um novo rosto aos membros da gangue; e embora nem de longe fosse tão lucrativa quanto as drogas, oferecia um futuro promissor. Como dissera seu cliente, o diretor de licenciamento de obras do Estado de Pernambuco Sílvio Moraes, se DeLuna possuísse uma empresa de concreto, Moraes poderia direcionar para ele contratos que envolvessem concreto. Assim, Chunk comprou a empresa de concreto por vários milhões de dólares; a maior parte da quantia obtida por meio de empréstimos fraudulentos providos por um cliente de DeLuna que era banqueiro, dependente de drogas e seriamente endividado com ele.

Chunk mudou o nome da empresa para Concreto CDL; gostava de ter suas iniciais em público. Mais tarde, alterou a razão social da empresa para CDL Empreendimentos, indicando que havia outros negócios além do concreto, mas nenhum que ele mencionasse em público. A Concreto CDL era uma empresa de tamanho significativo, mas dava significativo prejuízo e não conseguia concorrer com as outras. Havia gestores profissionais administrando a empresa, e a presença de DeLuna era para ser mais a de um sócio silencioso. A concorrência continuou a apertar, e à medida que cresciam os prejuízos, Chunk se tornava cada vez menos silencioso.

O presidente da Concreto CDL, um homem de meia-idade, de nome Ignácio Braun, havia sido o gerente de uma das divisões da empresa. Depois de assumir como proprietário, Chunk se reuniu com Ignácio e o diretor financeiro. Ele descreveu o que esperava da empresa e ofereceu o cargo de presidente a Ignácio, que lhe perguntou:

— E o presidente atual, João Lopes?

— O Sr. Lopes tem uma nova função — aposentadoria. Você tem mais perguntas?

Ele não tinha nenhuma. Aceitou o cargo e, infelizmente, aceitou os termos de Chunk. Carlos elaborou os termos: 20 por cento de crescimento de receita e 15 por cento de lucro líquido. Chunk esperava isso de uma empresa com margem bruta de 5 por cento, que perdia um milhão a cada vinte milhões de dólares em vendas. O problema para Ignácio seria como a nova empresa lidaria com expectativas não cumpridas; não seria uma avaliação de desempenho fraca, a perda de um bônus ou mesmo demissão. Seria bem mais pessoal.

Chunk se reuniria mensalmente com Ignácio e o diretor financeiro, junto com Carlos, que estava supervisionando outros negócios, para avaliar o progresso da empresa de concreto.

Infelizmente, para eles e para seus sucessores imediatos, o progresso não foi rápido o bastante. Os jornais noticiaram que, estranhamente, dois presidentes da empresa Concreto CDL sofreram mortes violentas.

Foi na terceira tentativa que as coisas deram certo para DeLuna. Ele empossou Carlos presidente, junto com um novo diretor financeiro. No decorrer dos três anos em que haviam microgerenciado a empresa, Carlos realmente aprendera bastante sobre o setor de concreto, aprofundando-se por interrogar rigorosamente todos os em cargos de liderança e outros cargos. De fato, Carlos havia se tornado bastante popular na empresa entre os gestores de nível médio. Ele saíra das sombras, onde fora designado por Chunk como assistente especial de Ignácio, para suceder os predecessores mortos.

Junto com o estelionatário vice-presidente de vendas da empresa, Carlos pôs em funcionamento um plano para impedir a entrada da concorrência estrangeira, visto que já haviam lidado com a concorrência local. Cada estado no norte do Brasil tinha um diretor de licenciamento de obras — sem licença para um local, sem construção. Mediante uma série de experiências de relacionamento com esses cavalheiros em alguns dos bordéis da divisão de Raphael na CDL, Carlos tratou os executivos do Estado como realeza. Muito dinheiro proveniente das operações de tráfico trocou de mãos.

Agora as construtoras estavam dispostas a pagar mais caro pelo concreto da CDL, pois negociar com essa empresa sempre facilitava o processo de licenciamento, especialmente quando os diretores de obras dos Estados viam um contrato assinado entre a construtora e a

CDL em que o fornecedor de concreto ou a empreiteira fosse a CDL. Cada diretor de licenciamento de obras do Estado recebia um bônus significativo para toda licença aprovada que envolvia um contrato com a CDL.

O diretor de vendas que Carlos colocara na CDL teve a impressão de que sua força de vendas havia se expandido significativamente. As construtoras agora se certificavam de que toda solicitação de licença para construção incluísse a CDL, visto que os diretores de obras dos Estados estavam concedendo licenças apenas aos associados com a CDL.

O preço do cimento subiu, e a CDL aprendeu algumas lições de integração horizontal. Agora, a empresa vendia serviços estendidos a preços muito mais elevados do que os concorrentes do Mercosul, os quais, surpreendentemente, não conseguiam competir com ela.

Ademais, o suborno de banqueiros e funcionários públicos se tornou comum, pois a gangue lhes pagava comissões pelos projetos que financiavam — no caso dos bancos — ou aprovavam — no caso de licenças adicionais exigidas por funcionários públicos.

Chunk, o menino sem-teto da praia, tornara-se uma ameaça assassina, mas agora tinha uma fachada legítima de negócios. Desdenhava os homens; com as mulheres, sabia ser charmoso. A insanidade do seu comportamento piorava ao passo que ficava mais velho. Era como se todos os homens, salvo aqueles em seus empreendimentos, fossem concorrentes e precisassem ser eliminados.

Contudo, ele sempre tinha respeito pelos clientes ou por aqueles que podiam ajudá-lo.

O médico, o bom médico, fora um. E com o passar dos anos, os respeitados vieram a incluir políticos, diretores de licenciamento de obras do Estado e construtores que usavam seu concreto. Tinha respeito por eles, contanto que fizessem o que queria.

5

E xiste aquela idade, algum ponto entre vinte e oito e trinta e seis anos, quando todo o poder do mundo flui através de uma pessoa que tem estudo e experiência. Um homem especializado na sua área, que passou anos como aprendiz, adquirindo conhecimento e aplicando-o a tarefas no mundo real — um homem assim é poderoso e respeitado. Chunk DeLuna é tal homem. Agora aos trinta e um, ele passara anos erguendo sua gangue de Reis da Praia. E embora ainda fosse um problema de criminalidade das regiões praianas, a gangue se espalhara para Olinda, ao norte, e para o sul, do Estado de Pernambuco até a Bahia e sua capital, Salvador. A gangue se multiplicava como pães e peixes; começara com cinco, mas agora contava com mais de duzentos. Chunk havia trocado o nome da gangue, do juvenil Reis da Praia para o mais reflexivo CDL Empreendimentos.

A CDL tinha muitas fontes de renda para seu empreendimento. Os membros começaram com pequenos roubos e ocasionais assaltos à mão armada. Progrediram, passando a traficar drogas para um colombiano. Expandiram com prostituição e agiotagem. DeLuna se tornou cada vez mais obsessivo pelos seus "negócios", como agora os chamava. Porém, Chunk descobriu que, independentemente do negócio que ele operava, sempre havia concorrência. Não importava se era um traficante de Salvador invadindo seus territórios ou um produtor de cimento mexicano tentando forçá-lo a baixar os preços. Os problemas eram os mesmos; as soluções eram as mesmas.

E esses problemas surgiam com frequência. Por causa de um de tais problemas, Chunk convocou uma reunião em sua mansão à beira-mar em Recife, a respeito de um traficante de fora da cidade que estava se introduzindo em Olinda e Recife. Chunk recebera um relatório de Paulo, que administrava essa parte dos negócios para a gangue. Era uma reunião importante, pois o fornecedor colombiano de Chunk estava presente com suas queixas; de fato, ele abriu a reunião.

— Vocês têm que resolver isso. Esses negrinhos de Salvador estão roubando o negócio de vocês, e quando roubam o negócio de vocês, roubam o meu também. Eles não compram do meu cartel, mas de um dos outros. Estamos saindo prejudicados aqui — disse Roberto Calo aos seis homens presentes.

Carlos interveio:

— As drogas são estratégicas para tudo o mais, Chunk. Se não temos drogas, não temos os acordos do concreto. As drogas são fundamentais para tudo nas nossas unidades de negócios coordenadas.

Angel Pagan, um amigo de infância de DeLuna, de San Blas, Porto Rico, havia se juntado à gangue alguns anos antes e era um dos líderes. O trabalho de Pagan era eliminar a concorrência. E embora Chunk DeLuna fosse bestial, mesmo ele era cauteloso com o sádico Angel Pagan e os extremos a que chegava para infligir dor a um inimigo. De fato, o único motivo por que os Reis da Praia alguma vez tiveram concorrência foi graças a novatos no mercado. Traficantes experientes deixavam o negócio de Chunk quieto, simplesmente porque ninguém queria sofrer as consequências.

— Então, Paulo — começou Pagan — você conhece esses caras que Roberto está falando?

— Sim, nós já falamos sobre isso antes. Não era grande coisa, até agora — disse Paulo. — Mas quando eles começam a ameaçar nossos vendedores de rua e traficar nos nossos prédios como se a gente nem estivesse ali, bom, aí já é demais. Sim, a gente precisa mesmo agir.

— Me dê os locais, cada lugar onde isso está acontecendo, e eu cuido disso — disse Pagan.

Nos dias seguintes, os traficantes de Paulo em Recife, Olinda e nas regiões vizinhas informaram a Paulo os seis principais locais onde as vendas estavam acontecendo. Alguns dos homens de Paulo seguiram os concorrentes, e havia ainda um sétimo local aonde três dos seis traficantes foram, muito provavelmente uma fábrica de drogas. Paulo imaginou que estavam processando, cortando e embalando o produto que chegava da Colômbia.

Depois que se colheram essas informações, foi convocada uma segunda reunião para decidir como lidar com a concorrência. Chunk, Paulo, Angel e Roberto, o colombiano, estavam presentes nesta, que foi novamente realizada na mansão de estuque de Chunk, em frente ao mar.

— Isso é o que sabemos até agora. — Paulo passou a explicar os detalhes das idas e vindas dos invasores. — Vocês precisam de mais informações?

— Você fez bem, Paulo — disse o colombiano. — Agora, vá matar eles, Chunk.

Essa colocação foi inapropriada. O colombiano sabia disso, e Chunk ficou irritado. Mas decidiu deixar passar o deslize. A Chunk só importava saber que esta era sua casa, sua gangue e que ele, Chunk, não aquele colombiano sujo, como se referia sarcasticamente a Roberto pelas costas, cuidaria de seus próprios assuntos, sem qualquer interferência.

— Bom trabalho, Paulo; isso é suficiente para a gente continuar — começou DeLuna. — Como quer cuidar disso, Angel?

— Eu gostei da ideia de usar um lugar central para desmantelar tudo de uma vez. Pelas informações que você nos deu, Paulo, meu palpite é que o seu pessoal não identificou ninguém como líder — perguntou Pagan.

— Não, meus rapazes só disseram que em duas das três vezes que eles foram parar no sétimo local, em Olinda, um negro alto saiu com os traficantes que tinham entrado.

— Tudo bem, parece que ele pode ser de Salvador ou do sul de Recife, que é onde moram mais negros. — Pagan disse isso e continuou: — Paulo, quero que um dos seus homens que foram até a sétima casa venha comigo. Dê todas as localizações e uma descrição dos traficantes para ele e mande ele me buscar na minha casa amanhã de noite. Vamos de carro a todos os locais para ver como são. — Então, olhando para Chunk, disse: — Aí eu vou fazer um plano e trazer para você, Chunk.

— Também quero ver esse plano — disse o colombiano.

— Eu te garanto que você vai ver, Roberto — respondeu Chunk, decidindo naquele momento que, qualquer plano que fosse concebido, Roberto Calo podia acompanhá-los e ver em primeira mão o que a gangue era capaz de fazer quando se aplicava.

O nordeste do Brasil foi descoberto e reclamado para o rei de Portugal em 22 de abril de 1500 por Pedro Álvares Cabral, com uma esquadra de treze navios e mais de mil homens. Olinda era uma cidade na colina, estratégica naquele território, colonizada no século XVI pelos portugueses, que exportavam cana de açúcar e escravos indígenas. Os colonizadores portugueses originais eram rivais dos invasores holandeses, que incendiaram Olinda. Embora Recife e Olinda também fossem rivais equatoriais desde cedo, pouco mudou em Olinda nos últimos quatrocentos anos. A cidade foi reconstruída no século XVIII e mantém muito do seu charme colonial até hoje.

Na colorida casa de estuque azul na Rua Prudente de Morais, número 23, morava um baiano, de Salvador, de nome Eduardo. Os homens de Angel Pagan descobriram que o morador estava vivendo ali havia cerca de três meses. Os vizinhos notavam que homens e mulheres frequentemente vinham àquela casa. A área era residencial, as ruas ainda pavimentadas com pedras. Era uma das principais rotas do desfile de carnaval, que antecede a quaresma, de longe menor que o do Rio, mas nada menos animado.

Angel analisou o local. Alguns donos de empresas de Recife habitavam em grandes sobrados coloniais perto da igreja católica de São Pedro. O barulho seria um problema caso eles se agrupassem naquela rua estreita, três carros cheios de seus homens, arrombassem a porta e alvejassem a concorrência. Angel descobriu que os traficantes chegavam à tarde a fim de entregar os rendimentos do dia e apanhar um suprimento de drogas para o dia seguinte. Haveria vizinhos demais à tarde, quando o maior número de traficantes estaria ali. Mais tarde, a vizinhança estaria mais calma, mas haveria um número menor dos traficantes de Eduardo. Angel teria de envolver mais homens — ficar de tocaia em todos os sete locais e atacar ao mesmo tempo para impedir alertas.

Esse foi o plano que ele apresentou a Chunk, Paulo e Roberto Calo, o colombiano.

Chunk faria pessoalmente o trabalho na casa de Olinda, e Roberto e Paulo o acompanhariam. O ataque ocorreria dentro de dois dias, às seis horas da tarde, quando muitas pessoas ainda estariam voltando para casa do trabalho ou das praias, e fariam uso de pistolas semiautomáticas. Seria mais fácil um carro com dois ou três homens sair de qualquer um dos sete locais e entrar no fluxo do tráfego da noitinha; e, visto que apenas eliminariam duas ou três pessoas em cada local, o ataque seria mais rápido, reduzindo as chances de um tiroteio prolongado.

No segundo dia, às 17h45, Chunk, Paulo e Roberto estacionaram a meia quadra do número 23 da Prudente de Morais, numa ruela transversal, com o carro voltado para o sul, para a descida do morro. O Sol ainda estava no horizonte; ainda havia bastante luz solar. Chunk mandou Paulo para os fundos da casa.

Chunk e Roberto sacaram suas pistolas de debaixo da camisa. Um carro se aproximou, e eles rapidamente ocultaram as armas ao lado do corpo até que passasse. Chunk subiu no degrau diante da porta e tentou girar a maçaneta. Estava trancada. Ele olhou para Roberto, que ergueu a mão esquerda num gesto como se fosse bater à porta. Chunk sacudiu a cabeça negativamente.

A porta estava castigada pelo clima; não era fina, mas também não era forte. Chunk imaginou que poderia apoiar-se nela e arrombá-la, e fez menção disso a Roberto, que, por sua vez, sacudiu a cabeça negativamente. Naquele instante, Roberto bateu à porta com força. Chunk deu alguns passos atrás, correu contra a porta e a arrombou. Num pequeno quarto à direita havia dois colchões, mas ninguém estava ali. Ele continuou a avançar pelo corredor da casa em disparada; ouviu vozes quando adentrou o que era a cozinha. Um homem tentou alcançar sua arma, mas Chunk atirou e o matou. Dois outros estavam atrás do morto, e Chunk atirou neles. Um quarto homem entrou, vindo de outro cômodo, por trás de Chunk.

Este quarto homem, mais alto, tinha uma faca, e quando Chunk se virou, tentou esfaqueá-lo; mas Chunk se desviou da faca dando um passo atrás. Ele olhou para o homem por um segundo e disse:

— Nunca traga uma faca para um tiroteio. — E atirou nele, matando-o.

Um quinto, o homem de Salvador, saiu pela porta dos fundos. Houve três disparos. Chunk pensou que parecia o som de duas armas diferentes enquanto corria para fora pela porta dos fundos. O baiano estava caído, com uma arma na mão, levantando o braço para atirar. Chunk estava se virando na direção dele. Ouviu-se um disparo, e o baiano caiu morto. Paulo, que sangrava no chão com um ferimento na perna, havia disparado no exato momento em que o baiano tinha a arma apontada para DeLuna.

— Bom tiro, Magrelo. — DeLuna sorriu para Paulo. — Roberto, me ajude — chamou ele. Roberto saiu da casa e logo estava ao seu lado, ajudando Paulo a levantar. — Vamos carregar ele até o carro e fazer um torniquete.

— Vocês têm que parar o sangramento agora — disse Paulo. — Parece sério, Chunk.

— Cale a boca, senão vai ficar muito pior. Você vai viver — disse Chunk, enquanto ele e Roberto Calo colocavam os braços de Paulo em volta dos seus pescoços e o carregavam de volta por dentro da casa.

Havia uma grande bolsa de viagem no piso. Havia vários sacos com um quilo de cocaína cada, em diversos estágios de corte e embalagem para venda a varejo. Havia pilhas de dinheiro no balcão ao lado da pia.

— Segure ele um momento. — Chunk disse isso, apanhou a bolsa e puxou o dinheiro de cima do balcão para dentro dela; daí, juntou os sacos de cocaína e os colocou na bolsa. Os que estavam abertos derramaram o pó branco sobre a bolsa e o dinheiro. A seguir, Chunk pendurou a bolsa no ombro e recolocou o braço de Paulo em volta de seu pescoço.

Eles saíram pela porta da frente no momento em que passava um carro com música tocando a todo volume e o motorista em transe. Carregaram Paulo, dobrando a esquina, até o carro e o deitaram no banco traseiro. Chunk rasgou um pedaço da sua camiseta e o colocou no buraco da bala. Paulo gritou.

— Fique quieto; você grita como uma garotinha — disse Chunk, sorrindo, e deu uma risada. Em meio à dor, Paulo sorriu.

Em seguida, Chunk tirou o cinto e envolveu a perna de Paulo com ele, colocando a ponta na mão do amigo.

— Segure e mantenha apertado. Isso vai conter o sangramento até a gente te levar para o médico.

Eles dirigiram o carro pelas ruas de pedra, Paulo tendo vertigens com a dor de cada solavanco.

Então, em menos de um minuto, haviam descido o morro e estavam na estrada da praia que leva de volta a Recife — nada de polícia.

— Você não pode me levar para o hospital com um ferimento de bala, Chunk — disse Paulo, acrescentando: — Eles vão chamar a polícia.

— Eu tenho o meu medico. Só fique calmo. — Em dez minutos, estavam atravessando a ponte sobre o Rio Capibaribe. — Paulo, seu besta, olhe — disse Chunk, apontando para três meninos que saltavam da ponte para mergulhar no rio.

— Eu devo estar morrendo — disse Paulo, meio rindo, meio chorando, à medida que ele também se lembrava de como conhecera Chunk.

— É um sinal de Deus. Você vai ficar bem.

Roberto Calo estava em silêncio, mas impressionado com o destemor do sócio e com sua lealdade a seus homens.

Depois de mais cinco minutos, Chunk parou o carro em uma casa no bairro Derby. Disse a Roberto que cuidasse de Paulo; ele voltaria logo.

Chunk bateu à porta da mansão de estuque cor-de-rosa com telhas esverdeadas. Uma empregada atendeu, e Chunk lhe disse algo. Ela voltou para dentro e logo surgiu um homem. Paulo o reconheceu; era o medico do hospital que salvara o olho de Raphael muitos anos antes.

Chunk falou com o medico por um momento. Este indicou que Chunk levasse o carro até os fundos pela rampa à esquerda da casa. Chunk fez o que o médico pediu.

O médico não disse uma palavra. Ajudou Paulo a sair do carro. Chunk e Calo o carregaram até um pequeno escritório que o médico usava como sala de exames em sua casa. Colocaram Paulo sobre a mesa. Ele se reclinou e desmaiou por causa da perda de sangue.

O médico removeu as calças de Paulo, deixando-o nu da cintura para baixo. Tirou o cinto da perna dele e o pedaço de camiseta do buraco da bala. O sangramento havia parado.

— Muito bem, me deixem trabalhar.

Ele indicou que Calo e Chunk deviam aguardar do lado de fora. O médico lavou as mãos depressa e, à medida que saíam do escritório, pôs uma bolsa de instrumentos sobre a mesa.

— Chunk, volte; posso precisar da sua ajuda. Preciso que o segure caso ele acorde. Não tenha anestesia para dar a ele — disse o medico, já metendo na coxa de Paulo um instrumento, procurando a bala.

Em seu coma, Paulo se encolheu com o aumento da dor.

Após dois minutos escarafunchando, o médico encontrou a bala e a removeu. Ele limpou o ferimento e deu vários pontos dentro da perna e mais outros tantos na pele.

— Chunk, não posso fazer muito mais por ele aqui. Ele precisa ir para o hospital e talvez de uma transfusão — disse o médico, suando e olhando para DeLuna.

— Isso não vai acontecer, doutor — disse Chunk vestindo as calças de Paulo de volta. — O senhor tem que me dizer o que eu preciso fazer para ajudar ele a se recuperar em casa. E vou precisar que visite ele amanhã.

— Claro, Chunk, eu vou visitar ele. O melhor agora é colocar ele na cama para descansar. Ele vai precisar de muito líquido.

Calo, que também ficara, observava. Achou fascinante o relacionamento entre o respeitável médico e o traficante de drogas — era fascinante que um médico estivesse tão disposto a fazer o que Chunk pedisse.

Carregaram o então parcialmente consciente Paulo até o carro de Chunk e novamente o deitaram no banco traseiro.

O médico trouxe uma pequena sacola e a entregou a Chunk.

— Aqui tem mais bandagens e antisséptico. Troque as bandagens duas vezes por dia e coloque um pouco do medicamento na ferida. Vai ajudar a prevenir uma infecção. Cuide para ver se ele tiver febre. Se ele piorar, Chunk, vai ter que levar ele para o hospital.

— Entendido, doutor. Obrigado.

E eles partiram.

Ao longo da semana seguinte, Paulo melhorou. Chunk o levou de volta para Suzanne, na casa pequena, mas feliz, que dividiam com as cinco crianças; Suzanne e Paulo haviam tido um filho. Assim que Paulo foi colocado na cama, adormeceu. Chunk e Suzanne foram para fora da casa, longe dos ouvidos das crianças.

— O seu homem salvou minha vida hoje — disse um humilde DeLuna a Suzanne.

— Você me disse no telefone que ele acabou levando um tiro. E agora me diz que ele salvou a sua vida? — disse ela, mais curiosa do que questionando.

— A gente estava lidando com uns caras do mal, mas fez o serviço. O sujeito que atirou em Paulo me tinha na mira, mas Paulo deu um fim nele. — DeLuna se voltou e caminhou em direção ao seu Alfa Romeo. — Só um momento — disse por cima do ombro. Abriu o porta-malas e tirou dele a grande bolsa de viagem que pegara mais cedo na casa do baiano. Chunk tirara a cocaína e limpara a bolsa, deixando o dinheiro dentro dela. Ele a pôs, fechada, aos pés de Suzanne. — Isso é para você, Paulo e as crianças.

Enquanto ele continuava a falar, Suzanne se abaixou e abriu a bolsa. Ao ver a quantia em dinheiro, talvez uns 200 mil dólares, ela perdeu o fôlego de espanto.

— Você e Paulo estão dando uma boa vida para as crianças. Ele fez por merecer esse dinheiro hoje e desde quando eu pedi para ele me ajudar a cuidar de você — disse DeLuna, olhando-a nos olhos.

— Ele está fazendo um bom trabalho, cuidando de vocês todos, não é? — DeLuna disse isso em tom de afirmação, não de pergunta.

Ficava óbvio ao ver a saúde das crianças, a limpeza da casa e a felicidade que havia ali.

— Sim, Chunk, ele está mesmo. — Ela deu uma pausa, questionando-se pelo que queria dizer a seguir, mas decidiu ir em frente: — Eu não lamento que não tenha dado certo entre nós. — DeLuna concordou com um grunhido. — Mas eu sou grata por você ser tão inteligente de dar eu e as crianças para Paulo. Ele é um bom pai e um bom marido.

DeLuna sorriu tanto pelo elogio como pelo insulto presentes na última frase.

— E agora isso, tanto dinheiro! — Suzanne envolveu DeLuna em um abraço e sussurrou em seu ouvido: — Se precisar de alguma coisa de mim... sabe...

— Sim, pare com isso, eu entendi. Obrigado, mas não. Eu tenho tudo que consigo aguentar com Lívia. — Ele riu. — Ela é um animal.

O médico veio visitar Paulo em três dos quatro dias que ele passou em casa. Nesse mesmo período, Pedro, o irmão gêmeo de Paulo, assumiu a parte dele na operação de drogas e informou a Chunk os resultados do ataque aos traficantes rivais. Em quatro dos outros seis locais havia apenas uma pessoa, e os homens de Paulo haviam matado a todos eles. Em um dos locais havia dois homens, e houve um breve tiroteio, até que os homens de Paulo os sobrepujaram e mataram. O único fracasso fora o sexto local. Um dos homens de Paulo fora morto e o outro ferido. Havia quatro homens na casa — três foram mortos e o quarto escapara. Os homens de Paulo estavam procurando por ele. Como sabiam quem ele era, sequestraram sua irmã e disseram à sua mãe que, se ele não se entregasse, cortariam a cabeça da menina.

No quinto dia, Chunk ordenou que fosse feito.

— Cortem a cabeça dela e deixem na porta da casa da mãe. Essa gente acha que estamos de brincadeira. Deixem um bilhete debaixo da cabeça dizendo que se o filho dela aparecer em Pernambuco de novo, matamos ele.

Pedro argumentou que a menina só tinha quinze anos:

— Ela não fez nada. Ela não conhece nenhum de nós e não pode nos prejudicar.

— Pedro — Chunk começou a falar com raiva —, você sabe que isso não existe. Sem testemunhas. O irmão dela sabe o que aconteceu e sabe quem a gente é. Se deixarmos a irmã dele viva, ele vai achar que é um sinal de fraqueza. Isso só vai incentivar ele.

— Mas, Chunk... — implorou Pedro.

— O que tem de errado com você? Ficou fraco? Olhe o que eles fizeram com o coitado do seu irmão. O que fizeram com os homens dele. O que tentaram fazer com o nosso negócio. Não. Faça isso e não me questione de novo.

Pedro acatou a ordem de Chunk.

Pedro ficou perturbado; não dormiu aquela noite e levantou da cama encharcado de suor.

"Ela é uma menina", dizia para si mesmo enquanto dirigia até o local seguro onde estava sendo mantida em cativeiro. Quando chegou, entrou na casa, agarrou a menina, cortou-lhe a garganta e, quando estava morta, decapitou-a. Naquela noite, deixou a cabeça dela com o bilhete diante da porta da casa de sua mãe. A gangue de Chunk nunca mais enfrentou problemas com os traficantes de Salvador.

6

Depois de morar algum tempo com Chunk, Lívia tomou conhecimento de que ele vivera anteriormente com a mulher de Paulo, Suzanne, e era pai de quatro dos cinco filhos dela. Mas ela nunca havia encontrado Suzanne. Assim, numa das festas de Chunk em que esposas e namoradas foram convidadas, Lívia procurou Suzanne.

— Estou tão feliz que vocês puderam vir hoje — disse Lívia, cumprimentando Suzanne no *hall* de entrada da sua casa. Paulo avistou Chunk no salão de festas, onde se haviam ajuntado muitos dos convidados, e deixou as mulheres conversando.

— Vocês têm uma linda casa — disse Suzanne, sem o menor traço de inveja. Paulo lhe contara sobre a magnífica mansão à beira-mar que Chunk construíra. O Chunk que ela conhecia jamais teria chegado tão longe. Em sua mente, encarava Lívia como alguém formidável, de algum modo capaz de controlar "a fera", como ela se referia a DeLuna em suas conversas com Paulo. Em harmonia com sua maneira humilde e leal, Paulo aconselhava Suzanne:

— Você não pode falar assim de Chunk. Ele nos dá uma vida boa.

— Paulo, eu só falo isso entre você e eu; e é isso o que ele é.

— Não para nós.

Agora, estando ali, na presença de Lívia, percebia uma diferença entre si mesma e a mulher de Chunk. Suzanne sabia que era atraente, com curvas bem onde os homens gostam, mesmo depois de cinco filhos. Lívia era diferente, marcante. Era alta para uma mulher jovem e estava em boa forma. Parecia forte.

— Deixe eu pegar uma coisa para você beber — disse Lívia, deslizando o braço por baixo do braço de Suzanne. Ao caminharem até o pátio e o bar junto à piscina, que fora montado para aquela noite, Suzanne sentiu algo — não um arrepio; mais uma empolgação. Sentiu algo por Lívia, pela cordialidade que esta lhe demonstrava, apesar de ter sido amante de DeLuna no passado.

Elas conversaram sobre amenidades enquanto pegavam suas bebidas. Suzanne estava admirando a noite, o cenário.

— Tudo aqui combina; tudo agrada os olhos.

— Temos muita sorte — respondeu Lívia e, então, observou que os convidados vinham barulhentamente para o pátio pelas portas francesas do salão de festas. — É mais quieto na praia, sem esse povo todo. — Novamente deslizou o braço por baixo do de Suzanne e disse: — Vamos caminhar.

Chunk viu as duas mulheres saindo em direção à praia pelo caminho de madeira que passava sobre as dunas baixas. Ele se perguntou o que estavam aprontando.

Caminhando na areia na noite negra, Suzanne olhou para o céu e exclamou:

— O que é aquilo?

Lívia olhou para o alto e viu a faixa de cem bilhões de estrelas de um lado a outro do céu.

— É a nossa galáxia.

— Meu Deus! — Suzanne pôs a mão sobre a boca. — São estrelas?

— Exatamente, iguais ao Sol.

— Elas estiveram lá todo esse tempo e eu nunca tinha visto.

— Eu sei. Morando na cidade, só a uns quilômetros de distância, com toda aquela luz. Aqui é diferente — disse Lívia, com apreço pelo que tinha, o que tão poucas jovens da sua idade algum dia teriam.

— Tem razão, Lívia — concordou Suzanne, começando a gostar de sua nova amiga. — Parece que Chunk mudou desde quando estava comigo. Você deve fazer bem para ele.

50

— Bem... — disse Lívia, prolongando a palavra o suficiente para as duas se entreolharem, depois sorrirem timidamente uma para a outra sob a luz suave e depois explodirem numa gargalhada.

— Acho que não — disse Suzanne. E riram mais alto.

— Não sabia que vocês se conheciam — disse uma voz alta, vinda da escuridão.

As mulheres deram um salto com o susto. Era Chunk se aproximando delas.

— Você está seguindo a gente? — disse Lívia severamente.

— Sim, estou seguindo vocês — falou DeLuna, agora no meio delas, arrastando as palavras. — Vocês não sabem que é perigoso ficar aqui fora de noite? Faz só uma semana que teve um assalto aqui nesta praia.

"Provavelmente um dos seus capangas", pensou Lívia.

— Então foi por isso que você seguiu a gente? — Lívia estava furiosa.

— Sim, por que mais eu ia seguir minhas garotas?

— Não sou mais sua garota, Chunk — disse Suzanne, audaciosa por estar com Lívia. Também estava irritada por ter este momento calmo com Lívia interrompido. — Você me passou adiante, lembra?

DeLuna avançou aos tropeções e deu um tapa no rosto de Suzanne com a mão esquerda. Ela deixou cair a bebida e levou uma mão ao rosto. DeLuna levou atrás o braço direito, pronto para dar um soco em Suzanne. Lívia jogou sua bebida no chão, deu um passo à frente e deu um tapa na bochecha esquerda de DeLuna com sua mão esquerda. Colocou-se entre Suzanne e Chunk e o socou na têmpora com o punho direito.

DeLuna berrou com ela:

— Sua vagabunda! — e empurrou Suzanne para o lado, preparando-se para espancar Lívia até ela perder a consciência.

— Pode vir, Chunk. Vá em frente — desafiou Lívia. — Se você encostar a mão em mim de novo, pode ir para a cama com Paulo. Eu e Suzanne vamos virar amantes. — E riu, colocando o braço em volta de Suzanne.

Suzanne não sorriu; estava amedrontada demais pelo que via. Mas sabia que sempre amaria aquela mulher corajosa que a abraçava, por tê-la defendido, mesmo naquele momento em que escarnecia da "fera".

DeLuna piscou os olhos várias vezes rapidamente. O quê? Não conseguia entender o que Lívia estava dizendo e fazendo. Sim, era isso. Ele havia entendido corretamente. Ela o estava desafiando. Dizendo que lhe negaria o sexo e se tornaria amante lésbica da ex-namorada dele.

— Essa eu quero ver — disse ele, numa meia risada. — Vá em frente; transe com ela aqui mesmo. Eu assisto.

Naquele exato momento, formou-se um vínculo. Duraria para sempre. Duas mulheres viram exposta a mente pervertida de um homem que ambas haviam amado; ou, melhor, um homem com quem ambas haviam feito amor; ou, melhor, um homem cujos atos sexuais ambas haviam suportado.

DeLuna conseguira realizar em segundos o que normalmente leva uma vida inteira — forjar entre duas pessoas uma amizade tal, que fariam qualquer coisa uma pela outra. Qualquer coisa.

Lívia, com o braço ao redor dos ombros de Suzanne, disse:

— Vamos para longe desse *bad boy* transar na areia. — As duas mulheres começaram a rir histericamente, andando de volta para a festa.

DeLuna fervia de raiva.

— Bosta! — berrou ele para a escuridão, e o eco que ouviu em retorno foi a risada das duas amigas, que desapareciam de sua vista. — Vocês vão pagar por isso, suas vadias — disse, tonto e cambaleante, espreitando atrás delas.

****

Nas semanas e nos meses seguintes, as duas mulheres acolheram e saborearam o vínculo criado na praia.

Lívia passou a ir com seu Audi A8 à casa de Suzanne nas tardes quentes e a levá-la, junto com as crianças, à praia em Recife.

Não houve recriminações da parte de DeLuna pelo incidente na praia. Lívia pensou que ele talvez estivesse bêbado o suficiente para esquecer. Paulo disse algo a Suzanne que sugeria que ele fora desrespeitado:

— Suzanne, o que você disse para Chunk? Ele parecia irritado porque você e Lívia fizeram piada dele de algum jeito.

— Não aconteceu nada, Paulo. Eu e Lívia estávamos só nos conhecendo melhor e aquele louco nos pegou de surpresa na praia. Estava escuro, e ele matou a gente de medo.

Suzanne também não contou a Paulo que DeLuna lhe dera um tapa. Paulo não faria, nem poderia fazer, qualquer coisa a respeito. Suzanne, porém, podia deixar isso passar. Paulo era um bom pai, um bom marido. Ela sabia vagamente — e não gostava — do que ele fazia fora de casa. Mas aquilo provia uma vida para os sete, uma vida feliz juntos.

Num dia particularmente quente na praia, mas em que havia uma brisa fresca do mar, Lívia estava deitada de lado, voltada para Suzanne, que estava deitada de costas num cobertor.

— Mas antes de mim, antes de nós duas, acha que ele era assim? — perguntou Lívia.

— Piorou; está sempre piorando — respondeu Suzanne. — Ele era só um bebê, tinha só quatorze, quando a gente se conheceu. Alguma coisa aconteceu na vida dele não muito tempo antes. Deixou ele muito amargurado. Quando eu conversava com ele, conseguia enxergar o bom menino; daí, alguma coisa dentro dele dominava aquele menino, fazia ele virar mau. Alguma coisa estava fazendo ele ficar furioso e endurecido. Mas ele nunca falava disso comigo.

— Sim, eu consigo notar que tem alguma coisa no passado, bem lá atrás, já que eu só conheci ele quando já tinha vinte e dois anos. Tem um monte de raiva — mas não de mim. Ele é geralmente carinhoso. Acho que eu ajudo ele a se acalmar. Mas de vez em quando, eu também levo tapas, socos e chutes. Eu estou próxima demais e não consigo saber se está piorando.

— Quando Paulo recebe o irmão dele, Pedro, lá em casa e os dois estão conversando a sós, eu escuto do quarto. As coisas que eles falam, a violência de Chunk — não com eles, mas com os inimigos — é doentia. E conforme a gangue deles fica cada vez maior, você não pode imaginar as coisas que eles fazem. Paulo e Pedro ficam assustados.

— Eles não fazem as coisas junto com ele?

— Não, eles cuidam da parte das drogas no negócio — disse Suzanne, de trinta e quatro anos, percebendo pela primeira vez o quanto Lívia ainda era jovem aos seus vinte e seis. — Quando se trata do trabalho sujo, Chunk gosta de cuidar disso sozinho ou junto com Angel Pagan, o companheiro dele de Porto Rico.

— Eu conheço Angel. Ele parece legal. Pelo menos, ele sempre me trata bem.

— Tenha cuidado — advertiu Suzanne. — Ele é o Diabo em pessoa.

— Não pode ser — disse Lívia, perplexa.

— Paulo tem muito medo dele. Ele é dez vezes mais perverso do que Chunk. Mais forte. Muito mais brutal.

— Como assim?

— Não, Lívia. Não posso nem descrever as coisas que eu ouvi — disse Suzanne, tremendo, seus olhos se enchendo de lágrimas.

Naquele mesmo momento, três dos filhos de Suzanne voltaram para o cobertor, e ela os envolveu com toalhas.

— Tia Lívia te fez chorar? — perguntou o filho mais novo.

— Não — disse Suzanne, agora rindo. — Eu só coloquei protetor solar no meu olho.

Lívia se pôs de pé; todo o seu metro e setenta e cinco centímetros de altura e seus cinquenta e cinco quilos, embrulhados em sua pele cor de bronze banhada pelo Sol, escassamente coberta com um biquíni cor de laranja. Um homem de meia-idade que caminhava por ali olhou para ela, passou e se virou de novo para vislumbrar Lívia. Ela lhe deu um sorriso brilhante.

— Meu amor — disse Lívia, olhando para baixo, para a filha mais velha de Suzanne — Você pode cuidar dos seus irmãos enquanto eu e sua mãe vamos caminhar?

— Sim, Tia — respondeu a menina, com educação.

A mulher mais alta e mais jovem e sua amiga mais baixa e mais velha, mas não menos atraente, caminharam pela areia rumo à maré vazante. Dois adolescentes passaram por elas, olharam para as duas mulheres e assobiaram.

— Pelo menos sabemos que Chunk tem bom gosto para mulheres. — Suzanne riu.

— Eu tinha esperança de fazer ele mudar — começou Lívia. — Ele tinha, ele tem boas qualidades. Ele gosta de mim; eu sei disso. Ele é leal àquela gangue idiota dele. Ele é muito generoso. Vive dando dinheiro para os outros.

Suzanne sorriu como quem sabe de que se está falando.

— É tão engraçado você dizer isso. Eu tinha a mesma ideia. Mudar ele. Aí ele ficava tão teimoso. Ele se trancava num lugar onde eu não conseguia alcançar. Quanto mais tempo ficávamos juntos, mais eu percebi que não podia mudar ele.

Lívia compreendeu. Em dúvida quanto a como abordar o próximo tópico, começou por dizer:

— Suzanne, eu e você somos amigas. Certo?

— Lívia, você sabe que sim. O que é?

— Por favor, não fique ofendida. Eu não sei como perguntar.

— Pare com isso, Lívia. Você pode me perguntar qualquer coisa. Você sabe disso. Você é a única pessoa na minha vida inteira que já me defendeu, sabe, o que você fez com Chunk naquela noite.

— Engraçado, eu só gosto de colocar o Chunk no lugar dele. Além disso, eu não vou deixar ele bater na minha melhor amiga. Em mim, tudo bem, mas não em você.

Um brilho, uma aura encobriu Suzanne. Nunca, desde quando ela tinha treze anos, alguém a chamara de melhor amiga, e certamente ninguém tão forte, rico e deslumbrante quanto Lívia Cavalcanti.

Suzanne parou de caminhar. Lívia olhou para ela, e Suzanne se aproximou e a abraçou. Apoiou a cabeça no ombro de Lívia e começou a chorar.

— O que foi, querida? — disse Lívia, pondo a mão na cabeça de Suzanne e a acariciando suavemente.

— Eu te amo, Lívia. Você é mais bondosa e querida que qualquer pessoa que eu já conheci. Você me faz sentir alegria de viver. Eu tenho meus filhos e Paulo. Mas não tinha uma amiga. Agora eu tenho você.

— Então está bem. — Lívia riu, colocando a mão no ombro de Suzanne. — Acho que eu posso te perguntar qualquer coisa.

Riram e puseram os braços ao redor da cintura uma da outra. Lívia agarrou uma quantidade infinitesimal de gordura no lado do corpo de Suzanne e a apertou.

— É melhor perder isso se quiser que os meninos continuem a assobiar. — Então ela a beliscou. Suzanne deu um gritinho agudo e um tapa no traseiro quase nu de Lívia.

— O que eu quero saber — disse Lívia quando elas se viraram e começaram a caminhar de volta — é por que Chunk deixou você ter os seus filhos. Quer dizer, ele não me deixa ter filhos.

Suzanne riu.

— Isso é quase engraçado. Ele também não queria filhos comigo. Ele falou alguma vez sobre a gente, sobre mim e as crianças?

— Não.

— Nunca?

— Não.

— Faz sentido. — Suzanne fez uma pausa. — Você não pode dizer para ninguém o que eu vou te falar. Ele me mataria.

— Você sabe que eu não falaria.

— Sei. Então, sente-se.

Elas se sentaram, e Suzanne passou a compartilhar com ela a versão dos primeiros anos da vida ao lado de Chunk: a parte em que ele foi para a cadeia aos quatorze anos e mandou que ela matasse seu bebê por nascer; tudo, até a parte em que entregou ela e os filhos a Paulo, bem como todo o sangue e hematomas no percurso.

Lívia escutava e lágrimas se formaram em seus olhos e escorreram pela sua face. Ela colocou um braço ao redor dos ombros de Suzanne.

— Eu estou bem, Lívia. Eu é que devia estar te ouvindo. Eu sei que é pior.

— É pior, mas é uma história para outro dia na praia.

Suzanne e Lívia olharam uma para a outra; lágrimas de apoio, amizade e amor se derramavam sobre seus rostos. Sentadas na areia, na brisa da tarde, elas se abraçaram.

****

Nos meses seguintes, a amizade delas cresceu. Tia Lívia se tornou mais chegada a Suzanne e aos cinco filhos dela. Sempre que Chunk não estava em casa, Lívia buscava consolo em Suzanne. A filha mais velha de Suzanne cuidava das crianças enquanto as amigam iam jantar ou ao cinema. Estavam unidas pelo mais forte vínculo imaginável — cada uma conhecia as profundezas de depravação a que a outra fora sujeita às mãos da fera. Para Suzanne, foram discussões, intermináveis discussões que terminavam em espancamentos, os quais se tornaram piores com o passar do tempo. Para Lívia, que tinha determinação de ferro, fora a dominação por um homem selvagem e feroz; mas jamais cederia a ser dominada por ele. Ela podia aguentar; ela revidava. Quando ele a feria, ela se assegurava de feri-lo. Se não fisicamente, sabia que podia vencê-lo emocionalmente, sexualmente. A recusa não era uma arma; era uma reação. Mesmo assim, ela sempre se perguntava por que ele era assim. Quem fizera Chunk se tornar aquele homem? Ela sabia, pelas coisas boas que ele fazia, que a fera não era sua verdadeira natureza. O que o fizera e continuava a fazê-lo mudar?

7

— Não é impossível prender ele — dizia o Capitão Luís Garcia, da Polícia de Recife.

— É impossível — respondeu Oscar Barcelos, um de seus tenentes. — Estamos estabelecendo contato dentro da gangue dele. Mas prender, agora? Impossível.

O Capitão Garcia e o Tenente Barcelos estavam discutindo por causa da conversa, gravada com uma escuta, que haviam escutado, entre Chunk DeLuna e Suzanne Cardoso, esposa de Paulo.

— Ele disse que o marido de Suzanne, Paulo, matou o baiano. O que mais você está procurando? — disse o Capitão Garcia.

— Sim, ele disse que o baiano estava para matar ele e Paulo atirou nele primeiro. Isso não soa como autodefesa?

— Parece que você está trabalhando para eles. Que diabos! Prenda esse DeLuna.

— E depois o quê? — respondeu o Tenente Barcelos. — Prendemos ele, ele paga fiança e com toda a sua influência corrupta ele suborna juízes, jurados e sai livre.

— Tenente, não quero mais nenhum assassinato cometido por essa fera na nossa cidade. Dê um jeito; trabalhe junto com a Polícia Federal e a unidade antidrogas na Bahia, já que DeLuna expandiu para lá. Entendido?

Exausto com o debate, e após ser lembrado de que DeLuna depositara em frente à porta da mãe a cabeça de uma moça que ele sequestrara, Barcelos sabia que era hora de parar com a discussão. Ele não gostou da ordem, mas era a responsabilidade de sua unidade extinguir o crime no distrito norte de Recife e em Olinda. O capitão tinha razão.

Barcelos se juntara à força policial logo após a faculdade e subira rápido até a posição de tenente. O departamento estava procurando oficiais com mais formação acadêmica e logo os fazia passar por uma série de missões a fim de desafiá-los e ampliar suas habilidades. Barcelos tinha vinte e nove anos de idade; seu capitão achava que ele talvez estivesse subindo rápido demais, sem conseguir compreender como um marginal igual a DeLuna se tornara poderoso em todas as principais unidades anticrime sob seu comando, inclusive homicídio, tráfico e prostituição. Outro comando da força policial cuidava de suborno, extorsão e fraude, e enfrentavam os mesmos problemas com DeLuna.

O Chefe de Polícia de Recife gostava de Barcelos por outro motivo. Ele tinha influência. Barcelos era de uma família de classe média, mas com boas conexões. Quando necessário, a influência dele era capaz de combater o dano que Chunk DeLuna podia causar ao sistema legal. A designação de Oscar Barcelos era uma tática estruturada para derrubar Chunk DeLuna de qualquer modo possível. Barcelos não se apercebia de sua importância estratégica nessa partida de xadrez. O Capitão Luís Garcia encarava a si mesmo como um peão no meio da estratégia do Chefe de Polícia. Começava a pensar que era apenas uma questão de tempo até que o Tenente Barcelos tomasse seu emprego.

PARTE

2

8

B rasil! Ao mesmo tempo excitante e exótico; rico e pobre; ambicioso e lacônico. Convidando o mundo a vir. Sejam bem-vindos! Chegou a hora. O palco mundial aguarda e a mesa está posta. A Copa do Mundo! As Olimpíadas! Uma exibição para o mundo ver. Rio de Janeiro, Amazônia, Brasília e São Paulo. Comunidades, música e carnaval. Favelas de nível internacional; praias de primeira classe. O povo bonito.

Há setecentos anos, índios nativos possuíam a terra, a selva e as praias. O Pão de Açúcar era só um morro; Cristo ainda não chegara ao Novo Mundo. Canoas trilhavam o Rio Amazonas, o Rio Negro; floresciam as permutas entre as tribos. Um império existia. Agora, o mundo viria para ver sua usina de oxigênio; ver o poderoso Amazonas, maior bacia hidrográfica da nação; visitar selvas exóticas; ver ainda alguns indígenas vivendo como viviam setecentos anos atrás. Sediar os eventos olímpicos exporia até mesmo a cidade de Manaus, a quase três mil quilômetros do Rio de Janeiro, no coração da selva amazônica.

Petróleo brasileiro, favelas cariocas, admiração mundial, relocação de duzentos mil moradores pobres, júbilo com as negociações e revolta com a realidade.

A vinda para o Brasil da Copa do Mundo de Futebol de 2014 e dos Jogos Olímpicos de Verão de 2016 foi acolhida pelo povo, que foi às ruas em 2009 numa celebração como a do carnaval. O Hemisfério Sul sempre passara despercebido devido ao desdém do

Hemisfério Norte pelo Terceiro Mundo. Enfim, o reconhecimento da chegada do quinto maior país do mundo. O Brasil era uma das BRICs — o grupo de economias constantemente emergentes que inclui Brasil, Rússia, Índia e China — que poderiam se tornar uma potência econômica do futuro, graças aos seus recursos nacionais e humanos, mas parecia nunca chegar lá. Mas agora — agora era a vez do Brasil!

Uma vez que as inscrições foram enviadas e se tornara evidente que o Brasil era um forte concorrente para sediar os Jogos Olímpicos, contratos antecipados foram celebrados para construir a enorme infraestrutura que receberia os eventos.

Ainda antes disso, os secretários da infraestrutura de cada Estado brasileiro se reuniram como grupo com o Comitê Organizador dos Jogos Olímpicos no Brasil.

O que se sabia desde o princípio era que a Copa do Mundo e os Jogos Olímpicos custariam ao Brasil uma fortuna. Apesar de se ter divulgado que os custos operacionais da Copa e das Olimpíadas seriam neutralizados pelos rendimentos da transmissão internacional de televisão e da bilheteria nos estádios, era sabido, mas não divulgado, que os custos de capital para preparar a Copa e os Jogos Olímpicos e a infraestrutura para recebê-los ultrapassariam cinquenta bilhões de dólares. A quantia era tão imensa que seria vetada em todos os níveis, mas a máquina política, que seguia avante, visionava um benefício duplo para o Brasil: uma vasta melhoria nas estradas, na rede elétrica e no transporte público, e o reconhecimento internacional do fabuloso modo de vida brasileiro.

— DPAC — esse é nosso modelo de negócios — dizia Carlos na reunião dos quatro líderes das "unidades de negócios" com Chunk DeLuna. — Drogas na dianteira, depois prostituição e apostas, e, por último, concreto. Como sabemos, o concreto mantém tudo o mais unido. Quando dermos DPA para os ministros e donos de construtoras, e eles nos derem seus contratos de concreto, estaremos interligados. Essa é a nossa estratégia para a Copa e para as Olimpíadas.

Os irmãos Pedro e Paulo vinham administrando em conjunto o setor de drogas da CDL Empreendimentos já por vários anos, desde quando Carlos fora promovido para assumir a empresa de concreto. E Raphael, apesar da vista fraca de um olho, tinha olhar aguçado para encontrar mulheres atraentes para se juntarem ao negócio de prostituição.

Os quatro meninos em quem Chunk DeLuna dera uma surra anos antes agora estavam unidos a ele na maior organização criminosa do Brasil. Era tão grande; era invisível. Cada uma das suas unidades era constituída de células, de modo que os elementos de uma célula nada sabiam a respeito das outras acima, abaixo e ao lado. Era somente no nível da unidade de negócios que tudo era conjugado.

Pedro e Paulo haviam compartimentado tão bem suas operações de tráfico que, quando uma célula franqueada ocasionalmente excedia seu território e entrava num tiroteio contra outra, esta também era invariavelmente uma das células controladas pelos gêmeos. Pedro ou Paulo entravam na disputa e empurravam o invasor de volta para seu território, em geral oferecendo ideias de como expandir o negócio em sua própria área, não fora dela.

Por outro lado, recaía sobre Chunk e Carlos a responsabilidade de perceber onde havia vantagem horizontal numa área geográfica. Nos bastidores, Carlos continuara a construir o depósito de informações com a ajuda dos principais técnicos do departamento de TI da Concreto CDL. Não se tratava de um depósito físico para armazenar sacos de cimento, mas antes, um depósito de dados de pessoas importantes e influentes que eram fregueses de múltiplas unidades da CDL. Se determinado secretário de obras era usuário de cocaína, era importante que ele desfrutasse de outros produtos da CDL, como mulheres e apostas. Era importante que fotos de câmeras escondidas capturassem eventos comprometedores de uma noite e que dívidas de jogo acumuladas fossem negociadas com o cliente quando sua influência era necessária — por exemplo, para que um ministro aprovasse um novo contrato ou para que um administrador de contratos local fornecesse uma concessão quando uma proposta da CDL excedesse as diretrizes.

Com o tempo, o empreendimento envolveu sua presa como um polvo; seus vários tentáculos contribuíam para o perfil eletrônico de todos os clientes mantido pela unidade de Carlos. A ideia do Projeto Cinco Anéis — como era conhecida a iniciativa da CDL para a Copa e as Olimpíadas entre DeLuna e os quatro líderes das unidades de negócios — não foi fruto de uma brilhante estratégia criminosa desenvolvida por Chunk ou Carlos. Em vez disso, foi o desespero de um diretor de obras no setor de aquisições do Estado da Bahia, Diego Novaes, que apresentou a oportunidade.

Novaes, que dois anos antes auxiliara DeLuna a obter três contratos na cidade de Salvador em troca de polpudos subornos, havia alcançado novos níveis de excesso em sua bravata para impressionar a prostituta de luxo em seus braços, que lhe fora fornecida no Salvador Palace, um novo cassino da CDL. Ele solicitou adiantamentos para cobrir suas perdas e, ao cabo de uma estonteante farra de cinco semanas de sexo, drogas e apostas, devia ao Palace trezentos mil dólares — seis vezes seu salário anual.

Diego foi trazido perante Carlos e Chunk, e implorou por perdão. A consequência é aquela parte da mente que a pessoa espera que jamais se revele; agora, ele tinha de encarar as consequências de seu comportamento descontrolado. Ofereceu seus serviços para auxiliar Chunk e Carlos de alguma forma. Explicou que seus deveres com o Estado envolviam conceder licenças e aprovar contratos, o que agora incluiria duas instalações para a Copa do Mundo em Salvador — algo de que Chunk já sabia pelo apoio que Diego dera antes à CDL. Carlos estava ciente das funções que Novaes exercia no Estado, mas não sabia de suas novas tarefas para a Copa.

Depois de se conhecerem por tantos anos, Chunk e Carlos podiam estabelecer uma conexão com apenas um olhar. Uma conexão assim ocorreu no instante em que Diego Novaes explicava seus deveres. Quando ele deixou o escritório de Carlos no cassino, DeLuna e seu parceiro estavam fora de si, exultantes. Viam intermináveis oportunidades: fornecer o concreto, fazer a armação e até construir o estádio em si; e poderiam fornecer a mão de obra por meio dos diversos sindicatos que controlavam.

— Este modelo pode funcionar para nós em outros Estados — sugeriu Carlos.

Haveria treze estádios em todo o Brasil que sediariam a Copa do Mundo e os Jogos Olímpicos.

— Tem só duas outras empresas fornecedoras de concreto que podem fazer o mesmo que nós — explicou ele mais tarde a Chunk e aos demais líderes: Pedro, Paulo e Raphael. Nascia o Projeto Cinco Anéis. — Agora, nós temos dezesseis fábricas de concreto e recursos de apoio para construir qualquer coisa.

— Nós temos que agir rápido — acrescentou DeLuna. — A gente tem que dominar esse novo campo.

— Vamos ficar ricos! — respondeu Raphael.

DeLuna deu um tapinha carinhoso no rosto dele e o corrigiu:

— Já somos ricos.

— Então, agora a gente vai ter tudo o quiser! — riu o mais jovem dos cinco criminosos.

9

—— P or que você está tão mal-humorado? — perguntou
Lívia, acrescentando: — Ultimamente? — É verdade
que quanto mais tempo ficava com Chunk, mais sombrio ele se
tornava. Sem dúvida, o animal prontamente enfurecido sempre jazia
logo abaixo de sua mente consciente; mas a fera se tornara mais
voraz, devorando a presa sem piedade.

O que levara Lívia a decidir fazer essa pergunta a DeLuna
naquela manhã fora sua obsessão de conquistar novos negócios e
contratos para sua empresa de concreto.

— Lívia, você não entende a pressão que está em cima de mim.
Nunca estive debaixo de tanta pressão — choramingou ele. — E,
agora, essa agitação — disse, referindo-se aos protestos que surgiram
em algumas cidades por causa das crescentes estimativas de custos da
Copa do Mundo e das Olimpíadas.

Lívia jamais o vira despojado da fanfarrice, sem seu ego dilatado
e peito estufado. Algo ia mal. Ele suava sem se mexer.

Esse algo que ia mal vinha se acelerando havia semanas. Sim, o
Brasil se candidatara e conquistara o direito de sediar a Copa de
2014 e as Olimpíadas de 2016, e o anúncio disso inicialmente
incitara a nação a celebrar seu orgulho. Ninguém estava mais
orgulhoso do que DeLuna. Com a CDL Empreendimentos, ele era
um dos principais fabricantes de concreto do Brasil. A CDL tinha
quinze fábricas de norte a sul da costa brasileira e mais uma

continente adentro em Manaus, perfeitamente posicionadas para entrar em licitação e construir muitos dos estádios.

A pressão sob a qual se encontrava DeLuna era resultado de um processo que se iniciara com a necessidade de ganhar da concorrência e conquistar licitações para construir os estádios e a Vila Olímpica. Isso envolveria o uso de todas as sanguessugas políticas que atendiam à sua vontade, a fim de obter para a CDL tratamento preferencial da parte de supervisores estaduais e distritais. Possibilitar licitações sem concorrência que favorecessem à CDL exigiria quebrar alguns dedos quando os políticos hesitassem.

O trabalho realizado por Carlos, Raphael e os irmãos Paulo e Pedro com seus diversos elementos, legais e ilegais, da CDL lhes conquistara os direitos para construir seis estruturas no valor de quase um bilhão de dólares. Conquistar as obras era a competência primária da CDL. Ninguém se recusava a fazer negócios com eles; ninguém queria enfrentar as consequências.

— As consequências — é isso que faz a gente conseguir os contratos — dizia Carlos aos agora crescidos reis da praia. — Mas não estamos exagerando, Chunk? A gente nunca construiu mais de três estruturas ao mesmo tempo.

— Coragem, seu fracote! — caçoou DeLuna. — Nós conquistamos os negócios, e vamos construir o que prometemos.

Lívia assistia a algumas das reuniões de negócios "legítimos" e conseguia perceber o peso do empreendimento arrastando DeLuna para baixo. Ele era bruto, mas não inteligente. Era esperto, mas não tinha intuição para lidar com a complexidade.

Acrescentando à pressão sobre DeLuna estava o desejo de Lívia, de ter filhos. Ela queria uma família; não se sentia realizada. Não que DeLuna não a tratasse bem — ela tinha mais do que jamais imaginara; mas ele não a fazia sentir-se realizada.

Na última vez que ela havia engravidado, a batalha recomeçara.

— Só faça o aborto, Lívia. Sem conversa.

Estavam juntos havia dez anos. Lívia tinha vinte e seis. Fizera três abortos, e Chunk queria que ela fizesse o quarto.

— Não.

Ela resistiu por cinco segundos, até que DeLuna lhe desferiu um soco na têmpora, que quase a deixou inconsciente. Quando Lívia caiu, ele se agachou sobre ela e pôs a mão esquerda em volta do seu pescoço.

— Faça o aborto; senão...

— Senão o quê? — falou com dificuldade a moça desafiadora, balançando as pernas ferozmente para se livrar.

— Senão, eu te mato de tanto trepar! — E começou a arrancar as roupas dela.

Ela lutou — esbofeteando, socando, chutando. Chunk sorriu. Interrompeu sua batalha por um segundo, apenas um segundo, a fim de admirar a força e luta da sua mulher, e então a penetrou.

Para Lívia, às vezes o sexo com ele era assim. Era um alívio para Chunk; fazia a temperatura de seu fogo cair uns poucos graus. Fazia do mundo um lugar um pouquinho mais seguro. E apesar de se sentir abusada fisicamente, ela era forte, conseguia aguentar e sabia que ele não tinha intenção de feri-la. De vez em quando, ela até achava estimulante.

Nesta ocasião em particular, enquanto jaziam deitados, fumegando devido às fortes chamas que haviam acendido, Lívia perguntou:

— Por quê?

— Lívia! Por favor, pare com isso.

— Mas por quê? Você nunca explica.

— Por quê? Porque um dia vão vir atrás da gente. E vamos ter que fugir. E eu não quero deixar uma criancinha na praia sem ninguém para cuidar dela.

10

Notícias Brasil — todos os meios de comunicação

Sílvia Abranches

25 de junho de 2013

Manaus

Os brasileiros não estão felizes!

Mais de um milhão de manifestantes tomaram as ruas durante o mês de junho. Suas queixas: o custo das obras para a Copa do Mundo de 2014 e as Olimpíadas de 2016. O custo dos dois eventos está explodindo e espera-se agora que exceda trinta bilhões de dólares.

A maioria da população encara gastos nessa escala como um extremo desperdício. Serviços públicos, como habitação, transportes e educação sairão perdendo, pois o governo agora terá de começar a escolher quais projetos poderão prosseguir.

Espera-se que a Copa do Mundo resulte em gastos de três bilhões de dólares em estádios novos e reformados, um dos quais, o Estádio Nacional de Brasília, já é considerado um elefante branco. Será um local com capacidade para setenta mil pessoas, com custo de setecentos milhões, que provavelmente terá pouco uso após os eventos.

O Estádio do Maracanã, lar dos deuses do futebol brasileiro e ícone nacional, passou por uma reforma total, de centenas de milhões de dólares, mas um jogo entre Brasil e Inglaterra programado para maio foi cancelado quando o estádio foi avaliado como sendo inseguro para jogos. (A decisão foi revertida no ultimo instante, sem dúvida devido a algum dispendioso gesto de desespero político.)

Os grupos organizadores dos protestos alegam que projetos necessários de obras públicas em infraestrutura estão recebendo pouca atenção. Projetos necessários de estradas, ferrovias e habitação vinculados à Copa do Mundo e às Olimpíadas estão muito mais atrasados do que os estádios, alegam os organizadores dos protestos. Só podemos esperar que o Brasil recupere um pouco do ouro perdido com ouro olímpico.

****

M anaus, a quente e úmida capital do Amazonas, saltava novamente para o topo do mundo cultural. Dois séculos atrás, fora um cintilante teatro importado para a selva nas costas da borracha que trouxera fama para Manaus. Agora era um gigante no horizonte, um estádio de cinquenta e dois mil lugares para Manaus, um dos treze construídos para sediar a Copa do Mundo de 2014.

Feito para Manaus, cujo time de futebol da quarta divisão, o Nacional, pertencente a certo Chunk DeLuna, atraíra um auge de 3.215 pagantes para seu maior jogo até a data, contra o Coritiba. Isso mudaria sua posição no futebol brasileiro, na cultura brasileira. As multidões que seriam esperadas em futuros jogos assegurariam sua subida constante até a primeira linha do futebol de clubes brasileiro. Isso traria novo turismo ao interior.

Os gritos de "Corrupção" dos manifestantes em razão do custo de tais remotos projetos clientelistas eram abafados pelos políticos a cada etapa; especialmente beligerante com os manifestantes era um senador que representava o Estado do Amazonas e sua capital, Manaus. Sua cadeira no Senado fora comprada e paga por ninguém menos que o Sr. DeLuna. DeLuna comprou até mesmo o time de futebol Nacional por uma fração do seu valor. O valor se encontrava no seu futuro e no futuro do Brasil. Sendo um time legítimo da série D, podia investir, competir e crescer. Neste país louco por futebol, outros clubes que haviam investido viram suas fortunas crescer com o aumento disparado em público a cada novo craque acrescido ao panteão, cada novo estádio construído e cada novo contrato assinado com a televisão.

O inferno pessoal de DeLuna começou de outra forma. Por decidir entrar em licitações para construir os estádios, ele havia dado um passo maior do que as pernas e agora seu cérebro estava sobrecarregado. Não que a CDL precisasse da Copa e das Olimpíadas; seus negócios primários iam muito bem. O tráfico de drogas continuava a crescer. Todos estavam andando na linha, e os fornecedores e os traficantes estavam trabalhando bem em conjunto. A prostituição estava decolando. Novos bordéis estavam sendo inaugurados em todas as regiões do Brasil; a CDL Empreendimentos também estava expandindo internacionalmente com bordéis em Buenos Aires, Cidade do México, San Juan e Nova York. As apostas haviam voltado em grande estilo após a recessão.

O negócio de concreto e as novas ofertas da cadeia de fornecimento iam bem, muito bem. DeLuna desejava desesperadamente ser respeitado pelo Brasil inteiro, não apenas no submundo. Ele continuamente pressionava Carlos a expandir o negócio; cada vez mais isso era possível, visto que o negócio de concreto envolvia mais que apenas concreto. Os serviços agregados fornecidos às construtoras colocaram a CDL na camada superior das empresas com que faziam negócios. Ademais, os relacionamentos entrelaçados com os demais "negócios" garantiam que se enchessem os bolsos das pessoas certas a fim de obter aprovações e licenças para projetos. Esses funcionários do governo que sucumbiam a apostas, prostituição e drogas eram o caminho de entrada para DeLuna.

Embora a Copa e as Olimpíadas oferecessem desafios especiais, DeLuna as encarava como o caminho mais rápido para a legitimidade, ajudando a construir a vitrine do país para o mundo. Os desafios iniciaram cedo no processo de licitação para a Copa, anos antes da realização dos eventos.

O senador do Estado de Pernambuco, domicílio de DeLuna, estava no Comitê Organizador da Copa do Mundo. Osvaldo Ottero devia supervisionar a construção dos estádios como líder do comitê de supervisão financeira do Senado. Visto que o Brasil estava financiando a Copa com receitas provenientes dos contribuintes, o comitê tinha a responsabilidade de confirmar as cidades candidatas que venceriam a eleição dos vários locais no país. A cidade de Manaus era preocupante para ele. Manaus tinha um forte grupo local exigindo a sua eleição, e havia na região uma grande população nativa da Amazônia, o que aumentaria a inclusão social e beneficiaria a taxa de emprego local devido aos empregos na construção. Depois, as estruturas construídas permaneceriam e incentivariam ao turismo. No entanto, a própria cidade e a região circunvizinha não tinham população para justificar o proposto estádio de cinquenta e dois mil lugares que precisaria ser construído para que se qualificasse para os eventos de futebol. O outro problema bem visível que o Senador Ottero enfrentava para apoiar a indicação de um estádio em Manaus era que o estádio existente, com lugar para trinta mil torcedores, recebia um público médio de 345 pagantes para um timeco independente da quarta divisão.

Por outro lado, o Senador Ottero arrazoava que um benfeitor seu, Chunk DeLuna, estava exercendo enorme pressão para que Manaus conquistasse a licitação de estádios. A CDL Empreendimentos possuía a única fábrica de concreto com capacidade para construções de grande porte num raio de oitocentos quilômetros da capital, o que garantia que se Manaus fosse aprovada, a CDL conquistaria a obra. Este era o mais importante projeto a que a CDL já concorrera e aquele que mais precisavam conquistar. DeLuna decidiu em suas conversas com o agente da desgraça de sua gangue, Angel Pagan, que precisavam de um ás na manga para manter a pressão sobre o Senador, então raptaram a menor de suas três filhas. Não houve pedido de resgate; ela apenas desapareceu. DeLuna a levara para um local seguro no meio da floresta amazônica.

De todas as obras de estádios às quais DeLuna estava concorrendo, a que ele estava mais certo de conquistar era Manaus.

Não somente ele possuía a fábrica de concreto e a empresa de construção ali perto, mas também comandava a mão de obra local mediante o controle de três sindicatos cruciais: o dos construtores de concreto, o dos eletricistas e o dos encanadores. Além disso, os processos de licenciamento no Estado eram controlados por um diretor de obras que tinha uma imensa dívida de apostas com DeLuna. Ele também levara o homem a se viciar em heroína. DeLuna dissera à sua equipe que preparava a proposta para Manaus:

— Este é o menor de todos os estádios e o mais simples. Se não conseguirmos ganhar e construir este, somos inúteis para o Brasil.

A equipe ficou impressionada com o repentino espírito nacionalista de DeLuna, mas não havia uma alma no país que não contraíra a febre da Copa.

À medida que o custo estimado combinado da Copa do Mundo de 2014 e dos Jogos Olímpicos de 2016 ascendeu ao patamar de cinquenta bilhões de dólares no processo pré-licitatório, muitos políticos acharam que não havia espaço para falhas. O Senador Ottero se viu numa encruzilhada. Ele sabia quem raptara sua filha; sabia que ela seria devolvida ilesa assim que a CDL Empreendimentos de DeLuna vencesse a licitação em Manaus. Mas a Presidente do Brasil fez uma súplica inflamada em uma das reuniões do Comitê Organizador:

— Esta é a festa de debutante para o Brasil no mundo. Não podemos fracassar; nosso país, nossa reputação e nosso futuro — todos dependem de que cada um dos senhores faça o máximo para selecionar os melhores licitantes com os menores custos.

O Senador Ottero sabia que estava em apuros. Esperava exatamente o oposto de DeLuna — os preços mais altos por uma obra de qualidade inferior. Contudo, não podia deixar sua filha nos braços da fera. Conversou com DeLuna em várias ocasiões após o apelo da Presidente. No ínterim, o público em geral estava ficando ansioso conforme os custos projetados da Copa e das Olimpíadas começavam a sair na imprensa. Houvera agitações em várias favelas do Rio e de São Paulo. As manchetes dos jornais locais principiavam a atiçar as chamas: "Bilhões para os Jogos, Nada para os Pobres". Forças de esquerda promoveram uma série de grandes manifestações.

DeLuna não aceitava nada do que o Senador lhe propunha.

— Mas, Chunk, se você subcontratar para uma ou duas das grandes empresas de construção do Rio, estamos definitivamente dentro.

— O que você está dizendo, Osvaldo? — disse um já fervente DeLuna ao terminarem o jantar no Ricky's, um dos restaurantes requintados à beira-mar favoritos do Senador em Recife. — Está me dizendo que o negócio não está fechado, que não temos o contrato para Manaus? — concluiu, agora se inclinando sobre a mesa na direção do Senador.

— Chunk, estão me apertando de todos os lados. Acho que eu vou explodir. Minha filha foi sequestrada, a Presidente está colocando novas medidas de custo e qualidade em todos os locais e você está me pressionando demais — concluiu o Senador Ottero, fitando DeLuna com olhos suplicantes. Por trás daquele olhar, havia um desprezo assassino. Ele devia confrontar o desgraçado. Bem ali, na frente de todos, gritar com ele: "O que você fez com a minha filha?" Mas é claro que ele não faria isso; não podia. Não se esperasse um dia rever Eugênia.

— Trate de conceder esses contratos para a CDL — exigiu DeLuna num tom monótono baixo. — Você não vai me ferrar nessa. Não vamos ter só esse contrato; vamos ter outros. Mas este é o primeiro e é o que estamos mais preparados para fazer bem. Está me entendendo?

O Senador não entendia esse pequeno homem feio sentado do outro lado da mesa, nem um pouco. DeLuna não jogava pelas mesmas regras que as outras pessoas. Nunca se podia esperar que fizesse o que era certo, que aceitasse dificuldades políticas. Uma vez que ele metesse suas garras em alguém, considerava a pessoa parte de sua organização, ao seu dispor para fazer o que ele desejasse. Nada de uma mão lavar a outra. Ele era o imperador; a outra pessoa era o escravo. Agora sozinho, o Senador expressou profundo remorso por ter aceitado a loucura de DeLuna. Sim, ele era apenas um diretor de serviços municipais quando pela primeira vez entrara no covil de prostituição de DeLuna em Olinda. Sim, DeLuna não o punira por suas dívidas de apostas. Sim, DeLuna o apoiara na campanha para prefeito de Recife. E, sim, fora o apoio financeiro de DeLuna, combinado com o apoio sindical devido à extensiva influência da CDL Empreendimentos em todo o Estado de Pernambuco, que possibilitara sua vitória. Mas Osvaldo Ottero era agora um senador do Brasil. Tinha responsabilidades mais elevadas. Estava acima de tudo aquilo; precisava estar acima de tudo aquilo. "Não estou?" perguntou-se, ao passo que DeLuna aguardava ansiosamente por sua resposta.

— Você está me entendendo? — repetiu DeLuna, agora se apoiando com força na mesa, fazendo tombar um copo d'água.

— Sim, Chunk. — O Senador rangeu os dentes. — Estamos entendidos.

****

O Senador sabia que mataria Chunk DeLuna um dia.

— Ninguém faz uma merca dessas comigo! — berrou Osvaldo Ottero com um membro de seu gabinete, numa falsa e ultrajante bravata, ao saber que sua filha fora assassinada.

A manchete, três dias após seu jantar com DeLuna, dizia: "Filha de Senador Encontrada Morta em Manaus." A matéria descrevia seu rapto dez dias antes, que havia sido mantido fora dos jornais, pois a polícia aguardava um pedido de resgate dos sequestradores. A polícia mencionou que nunca houve um pedido de resgate e especulou que os bandidos talvez tivessem entrado em desacordo, ficado em pânico e matado a menina. O relatório policial era macabro nos detalhes: a maior parte do corpo da menina fora corroída com ácido. Ela fora identificada pelo rosto — sua cabeça era a única parte identificável do corpo. A reportagem concluía: "'A morte dela foi excruciantemente dolorosa, como se pode imaginar', disse o porta-voz da polícia."

— Meu Deus! — disse um assistente do Senador. — Que horrível para sua linda menina.

— Sim, foi horrível para o meu bebê! — clamou o homem. E quando o assistente saiu de seu gabinete, o Senador Ottero abriu o anexo de um e-mail que recebera mais cedo e assistiu novamente ao vídeo de quarenta segundos que mostrava a morte de sua filha. O vídeo iniciava com uma retroescavadeira estendendo e levantando o braço, erguendo uma corrente presa a uma jaula de metal. A câmera aumentava o *zoom* e se podia ver uma menininha na jaula, amarrada verticalmente à estrutura de aço. O braço da retroescavadeira levou a jaula sobre um grande tanque circular e começou a lentamente descer a jaula para dentro do tanque. À medida que a jaula descia, a voz da menina berrava: "Não! Não!"

O Senador agarrou sua mesa, seu rosto contorcido pela dor torturante que seu bebê estava prestes a sofrer.

— Não, não! — gemeu.

O ângulo da câmera subiu para acompanhar a jaula dentro do tanque. Os gritos da menina eram perturbadores, aterrorizantes, quando o ácido começou a queimar sua pele. Daí, enquanto os braços da menina sacudiam de dor dentro da jaula, pedaços de carne se desprendiam à medida que o ácido corroía seu corpo; ela continuava a ser mergulhada, centímetro a centímetro, no banho ácido. A retroescavadeira parou de baixá-la quando o ácido lhe chegou ao pescoço. Por fim, misericordiosamente, os gritos pararam. Quando o esqueleto parcial foi encontrado mais tarde, apenas a cabeça estava identificável. A mensagem no e-mail, recebida numa conta que somente ele podia acessar, dizia ao Senador: "Entre no jogo ou eu queimo suas duas outras filhas do mesmo jeito."

O Senador Ottero estava insano de pesar. Que tipo de monstro faria isso com uma criança inocente? De onde poderia vir tamanha perversidade? A dor que agora sentia era entorpecente. Sua vida terminara. Depois de ver uma filha assassinada de forma tão horripilante, não valia a pena viver.

Ottero sabia quem fizera aquilo. Ele se asseguraria de que DeLuna obtivesse os contratos para construir o estádio de Manaus. Ele o ajudaria a obter outros contratos. E esperaria. Mandaria vigiar DeLuna cada segundo de cada dia até que chegasse o momento certo.

Ele sabia que DeLuna estava tentando mostrar quão implacável e inescrupuloso era através de atos de puro horror. "Quando a ordem mundial se dissolver", pensou o Senador consigo mesmo, "a perversidade demonstrada à civilização por aqueles que a destruírem será incompreensível. Vou achar todos os que são íntimos de DeLuna, e eles vão ganhar um banho ácido. Eu vou pessoalmente mergulhar cada um deles diante dos olhos de DeLuna. Então, por último, vou mergulhar ele, bem devagar, enquanto implora por piedade. Até ele implorar para acabar com o sofrimento de estar pendurado pelas mãos com uma corrente e ser lentamente afundado naquele banho ácido. Vou assistir enquanto o ácido come os dedos dos pés dele, depois os tornozelos e os ossos. Vou abaixar ele devagar, por horas. Quando não tiverem sobrado nervos para sentir dor, quando o ácido estiver logo abaixo do coração dele, vou soltar a ponta da corrente e deixar esse lixo cair no inferno."

Notícias Brasil — todos os meios de comunicação

Sílvia Abranches

4 de julho de 2013

Manaus

A Primavera Brasileira

O aumento das tarifas de ônibus em São Paulo foi o estopim. O barril de pólvora é o descontroiado valor dos gastos com a Copa do Mundo de 2014 e as Olimpíadas de 2016. Mais de um milhão de pessoas tomaram as ruas de toáas as principais cidades em protesto contra as prioridades equivocadas de seus líderes eleitos.

O catalisador que conduziu os cidadãos às barricadas é o aparente descaso total com a solução de graves problemas sociais. Os gastos exagerados com as instalações associadas aos dois eventos colocaram para escanteio projetos necessários de habitação pública, transporte e educação, que foram prometidos, mas agora estão em segundo plano.

O Brasil há muito tem a reputação de corrupção nos projetos de obras públicas e trabalho de qualidade inferior nessas obras. Essa reputação é merecida e continua a se estabelecer à medida que se lançam acusações pelos atrasos significativos dos projetos de obras públicas e pela ênfase excessiva nos estádios.

É uma reviravolta em comparação com a alegria de quatro anos atrás, quando o Brasil conquistou o direito de sediar esses eventos esportivos, devido aos custos de cada, CADA elemento das obras para a Copa do Mundo e as Olimpíadas, estarem disparando.

Muitos relatos vieram à tona a respeito de vantagens especiais concedidas a políticos brasileiros.

Em Manaus, a cidade que sediará alguns dos eventos no Amazonas, mais de cem mil pessoas se manifestaram pelas necessárias melhorias nas obras públicas. O Brasil está construindo um gigantesco estádio de cinquenta e dois mil lugares para alguns jogos da Copa do Mundo e das Olimpíadas em Manaus. Espera-se que o estádio permaneça em geral ocioso após os Jogos Olímpicos, pois, em média, apenas 350 pessoas assistiam regularmente aos jogos de futebol no antigo estádio de trinta mil lugares. Essa média de público para um time da série D é a mais baixa do Brasil.

O aumento da tarifa de ônibus em São Paulo pôs a classe governante e os políticos no foco das atenções, e os protestos em todo o país exigem que eles prestem contas. Muito bom, mas espere mais aumentos nas tarifas de ônibus no futuro.

****

L ençóis de chuva eram soprados por sobre a rua. As ruas estavam alagadas. O idoso sistema de esgotos se afogava, sufocando até a morte. Chovia em Manaus já por muitos dias.

O engenheiro-chefe encarregado de construir a Arena da Amazônia balançou a cabeça. Mais um dia de concretagem perdido. A pressão para concluir a obra no cronograma estava agravando sua alta pressão sanguínea.

— Chega de chouriço, Francisco — disse Francisco Ozat para si mesmo, arrotando. — Que azia!

Ele levara os encarregados de diversas partes do projeto para jantar fora na noite anterior, visto que a previsão indicava fortes chuvas. Afinal de contas, Chunk DeLuna estava na cidade e queria se encontrar com os homens que estavam construindo seu mastodonte na selva.

— Cinquenta e dois mil lugares! Um dos maiores estádios da América do Sul — dizia DeLuna para os onze homens sentados ao redor da comprida mesa retangular. — A vocês! — E ergueu seu copo de cerveja.

O engenheiro, confiante em seu relacionamento com o dono da empresa, se pôs de pé.

— Ao Sr. DeLuna! Obrigado por nos empregar e obrigado por nos fazer sentir orgulho do Brasil e desse estádio.

Todos os homens brindaram, sorrindo. DeLuna se levantou, riu e ergueu seu copo.

— E à chuva, que deixou a gente sair e se embebedar um pouquinho esta noite! — disse Ozat, meio cambaleante, arrastando as palavras.

Carlos, sempre calado, mas sempre à direita de DeLuna, estava contente de vê-lo relaxar. Nos últimos tempos, Chunk estava enlouquecido. Pelo menos, mais enlouquecido do que o normal. DeLuna estava preocupado com tudo. Começou a microgerenciar cada aspecto do negócio. Estava metendo o nariz em áreas que não havia visitado em anos. Até Lívia tinha um pouco mais de hematomas do que o normal.

Chunk era um homem sob pressão. O processo para garantir os contratos para construir o estádio não havia fugido ao costumeiro: corrupção, subornos, braços torcidos e sequestros. Mas a construção em si, a construção de uma arena de cinquenta e dois mil lugares com um prazo apertado e um bem disciplinado processo de gestão e supervisão de projeto, estava levando DeLuna ao desespero.

Contudo, essas eram as responsabilidades de Carlos. Ele era o presidente da CDL Empreendimentos. Era Carlos quem se reunia várias vezes por semana com os gerentes do projeto ou com os gerentes dos projetos para a Copa e as Olimpíadas no Rio. Era Carlos quem conduzia o projeto avante — dentro do prazo e talvez até dentro do orçamento.

"Quem sabe isso realmente significa alguma coisa para DeLuna", racionalizou Carlos. "Quem sabe DeLuna quer o reconhecimento que construir o estádio de Manaus vai trazer para ele e para a empresa. Talvez Chunk esteja cansado dos assassinatos, das drogas e das prostitutas. Este sempre foi o plano — construir um negócio legítimo e sair da parte criminosa do empreendimento. Chega de apostadores implorando por mais tempo ou mais crédito. Chega de hematomas em Lívia."

Se DeLuna não estava farto de ver o espancamento de Lívia por suas próprias mãos, Carlos estava. Mas ele sabia que Lívia conseguia aguentar. Ela era durona. Mais durona do que qualquer um na gangue, exceto Angel Pagan. Carlos sabia que ela era mais durona do que ele mesmo. Ele a vira repetidamente enfrentar DeLuna e lutar com ele; e a vira ser derrubada todas as vezes. Na frente dele, de Raphael, Pedro e Paulo. E nenhum deles moveu um dedo para ajudar Lívia. Nenhum deles enfrentou DeLuna. Pouco havia mudado desde aquele dia na ponte tantos anos atrás, quando Chunk os derrotara em segundos e se tornara líder dos Reis da Praia.

Algo tinha de mudar. Tudo irritava DeLuna. O vulcão, sempre fervendo, estava prestes a entrar em erupção.

Tudo isso irritava Carlos — não o negócio. O negócio era fácil. Mas o tratamento de Lívia às mãos de DeLuna o desgastava. Um homem, um homem de verdade, não trata uma mulher como Chunk tratava Lívia. Algo se fixou na mente de Carlos: Chunk nunca batia em Lívia na frente de Angel Pagan; nunca sequer gritava com ela na frente dele. O que isso queria dizer? Pagan era o assassino mais brutal. Não tinha piedade de homens nem de mulheres. Não relutava em torturar uma mulher. Porém, Carlos ficava perplexo de ver que Chunk tinha mais respeito por Lívia na presença de Pagan.

12

Notícias Brasil — todos os meios de comunicação

Sílvia Abranches

26 de julho de 2013

Manaus

O El Niño Está Pregando uma Peça no Brasil?

No litoral do Nordeste brasileiro, José Flores tem sofrido com o calor escaldante há vários meses em sua banca de água de coco na praia de Boa Viagem; mas a oeste, quase três mil quilômetros a oeste de Recife, no coração do Amazonas, a cidade de Manaus está enfrentando chuvas recordes, dia após dia, semana após semana.

Para os nativos da floresta, em especial os que moram às margens do Rio Amazonas e seus afluentes, a água tem subido a níveis jamais vistos. Nas estações chuvosas normais, o nível da água dos rios sobe de seis a nove metros. Este ano, muitas das casas flutuantes, recursos engenhosos para enfrentar as enchentes, estão sendo postas à prova, com o nível da água alcançando doze a quinze metros. Estima-se que mais de trinta mil casas flutuaram para longe dos pilares onde se apoiavam as jangadas que as sustentam, resultando num significativo número de desabrigados no interior.

Meteorologistas dizem que esse evento é um fenômeno que ocorre uma vez a cada cem anos no Brasil. Ventos que sopram com força do Atlântico, através do norte do Brasil, até os Andes e, depois, para o sul, para a Argentina, formam um padrão de bloqueio que mantém o calor no leste e a chuva na Amazônia. O El Niño deste ano parece estar adicionando sua própria força a essa poção, mas como diz José Flores em sua banca nesse lindo trecho da praia: "Quem sou eu para reclamar? Está calor, mas o negócio está ótimo. Tempo quente, água de coco vende que é uma loucura."

****

Por duzentos milhões de anos, flora e fauna se empilhavam no fim do verão, criando uma cobertura de plantas em decomposição sobre o rio subterrâneo. Acima do manto do planeta e abaixo do teto de terra, existia uma grande caverna. A gruta de trinta quilômetros de comprimento e um quilômetro e meio de largura conduzia suavemente o rio por dentro de si. Quando a estação chuvosa chegava ao auge na selva, o rio que esculpia a ravina subterrânea principiava a subir. Neste ano, o rio subterrâneo subiria mais do que subira em mil anos e estava raspando o domo de pedra calcária. Sobrecarregado com centenas de milhares de toneladas de concreto e aço do estádio de Manaus, o domo começou a ceder.

****

Tomando as medidas de linha de visada finais do alto do estádio contra pontos fixos no horizonte, o agrimensor e seu estagiário estavam alarmados com a variação.

— Seu idiota! — gritou o agrimensor ao estagiário. — Esta medida está errada.

— Como assim?

— Veja, essas coordenadas indicam que o estádio está um metro mais baixo que as medidas registradas dois anos atrás — disse o agrimensor.

Os dois homens olharam as leituras documentadas anteriormente, homologadas pela empresa de engenharia original.

— As leituras de hoje são minhas e não estão erradas — começou a dizer o estagiário. — Não estão erradas; olhe você mesmo no nível óptico. Verifique.

O agrimensor e seu estagiário foram a todos os seis pontos-chave da propriedade. O agrimensor nivelava seu instrumento com o horizonte, e o estagiário segurava a baliza à distância. Quando todas as seis leituras estavam concluídas, ele deu alguns passos atrás e olhou para o estagiário.

— Isso não pode estar certo.

— Mas está certo. Eu conheço nossos instrumentos. Eles estão perfeitamente calibrados. Isso quer dizer que a outra empresa de engenharia homologou leituras incorretas do agrimensor que fez esse trabalho antes de nós.

— Não é possível. Eu conheço o engenheiro que homologou, e eu revisei as leituras com ele quando entrei no projeto.

— Então, como você explica isso? — perguntou o estagiário.

— Não tem explicação, a menos que o estádio esteja cedendo. — E o agrimensor deu uma risada.

Ainda com um olhar sério, o estagiário respondeu:

— Isso não é possível. — Já com um ligeiro sorriso, perguntou: — É?

Os dois homens se entreolharam e começaram a rir alto.

Depois da risada, o agrimensor disse a seu estagiário que traria o assunto à atenção do engenheiro de projetos.

****

5 de agosto de 2013 — 9 horas

Augusto Albuquerque, diretor de projetos da Arena da Amazônia, ouviu o que tinha a dizer seu engenheiro-chefe, Francisco Ozat, quando a Fase 2 da obra estava pronta para começar.

— Tudo o que a gente fez até hoje parece estar bom. Estamos prontos para começar a concretar as paredes — relatou Ozat ao chefe.

— E aquela agrimensura? — perguntou Albuquerque, as rugas fundas na testa de um homem acostumado a se preocupar se aprofundando ainda mais. — Teve um momento na semana passada, quando encerramos a Fase 1, que você disse que o agrimensor estava preocupado porque as leituras finais da Fase 1 não estavam batendo.

— Sim, ele não sabe dizer por que as leituras estão dando um metro mais baixo do que quando começamos — disse Ozat.

— Você acha que é um erro no que ele mediu, ou acha que este barco está afundando? — Albuquerque riu com nervosismo.

— Engraçado, chefe — respondeu Ozat. — Não, eu acho que ele errou na leitura final. Vamos medir todos os seis pontos de novo amanhã de manhã.

— E você vai deixar o projeto seguir em frente e concretar hoje de tarde? — rosnou um agora irado Albuquerque.

— Não — respondeu ele, envergonhado.

— Pode ter certeza que não. Vá fazer as medidas agora — ordenou Albuquerque.

— Sim, senhor.

****

16 horas

— Confirmado — disse Ozat, em pé no vão da porta do escritório de Albuquerque. — O agrimensor cometeu um erro e agora corrigiu. O nível que ele usou não estava calibrado e deu uma leitura errada.

— Bom — sorriu Albuquerque. — Por um momento, eu imaginei que estávamos afundando para dentro do inferno. — Ele riu.

— Ainda podemos ir parar lá, mas não vai ser por causa das leituras.

— Vamos começar a concretar na primeira hora da manhã e demitir aquele agrimensor.

— Eu já demiti — disse Ozat.

Ozat não compartilhou com Albuquerque as conversas em que participara no fim da manhã e no começo da tarde

****

11 horas

Francisco Ozat trouxe João Silva ao seu escritório e, depois de vinte minutos de discussão, o agrimensor disse:

— As leituras estão corretas, ponto final. Eu sempre verifico duas vezes as leituras e, se alguma coisa não bate, eu faço todo o processo de recalibragem do nível. Eu fiz seis medições completas de todos os seis pontos. O meu estagiário encontrou as mesmas variações. Quatro dos seis pontos estão fora do nível — muito fora.

— Quanto? — perguntou Ozat.

— Todos estão um metro abaixo do nível — disse Silva.

— Então, como você explica isso?

— Não consigo explicar.

— Bom, se você não consegue explicar, quem consegue? — pressionou Ozat.

— Eu não sei, Francisco. Não sei mesmo. Nunca vi nada assim antes — disse Silva, genuinamente perplexo.

— Vamos simplificar isso. Só tem duas explicações, não é?

— Sim.

— Fale para mim.

— Ou o solo está cedendo, ou estou totalmente errado em todos os pontos — disse Silva, friamente.

— Você acha que o solo está cedendo? — perguntou Ozat, de modo um tanto cínico.

— Não... quer dizer, não acho que esteja cedendo, mas deve estar.

— Por quê?

— Porque eu sou agrimensor há quinze anos. Eu conheço o meu trabalho — disse Silva com firmeza. — Eu conheço minhas ferramentas e sei que as leituras que tomei estão absolutamente exatas.

— Tire o seu intervalo do almoço e volte daqui a duas horas — disse Ozat ao frustrado agrimensor.

****

Meio-dia

Ozat foi até Carlos, o presidente da CDL e o homem responsável por colocá-lo na posição de engenheiro-chefe do projeto do estádio, que estava em Manaus para uma avaliação do projeto.

— Tem alguma coisa muito errada, Carlos. A gente sabia, pelo estudo independente do solo feito pelos geólogos franceses, que havia o potencial de ter águas subterrâneas. Mas está acontecendo uma coisa muito mais séria.

Naquele dia, no escritório de Carlos no canteiro de obras, estava Chunk DeLuna. Viera fazer uma visita; algo que estava fazendo com mais frequência à medida que o projeto de Manaus como um todo progredia. DeLuna não disse nada enquanto Carlos e o engenheiro, Ozat, discutiam o problema.

— Me diga quais são os seus problemas. Organize os problemas em ordem de prioridade, com base nas informações que tem — disse Carlos, em sua maneira direta de identificar problemas e decidir como resolvê-los.

— Primeiro — começou Ozat —, eu confio no agrimensor. Ele é totalmente competente. O que ele disse sobre as leituras é verdade. Número dois, o solo está cedendo. Eu ainda não sei dizer se é por causa do que colocamos em cima do terreno, as fundações, o equipamento pesado, ou se é por causa de alguma coisa natural, como as chuvas fortes de primavera que tivemos este ano. O estudo inicial da terra disse que havia águas subterrâneas. Nós achamos na época que poderia ser escoamento de um afluente do Rio Negro. Agora, parece que isso está correto, mas alguma coisa maior está acontecendo lá embaixo. Número três, o que está debaixo do estádio é maior que um escoamento subterrâneo do Rio Negro. Pode ser um grande escoamento, ou... — Ozat pausou. — Ouvi falar de lagos e rios subterrâneos.

— Do que você está falando? — interrompeu DeLuna. — Lago subterrâneo? Você andou bebendo?

— Não, Sr. DeLuna. É só que alguma coisa está fazendo o solo afundar.

Ozat estava entre a cruz e a espada; estava profundamente endividado com DeLuna. Ozat vinha frequentemente visitando os bordéis que a gangue mantinha em Manaus. Num acesso de fúria alcoólica, ele acusou uma prostituta de roubar dinheiro da sua carteira, o que era verdade. Ele deu vários socos nela, e isso foi gravado pelo sistema de câmeras do bordel. Mais tarde, a moça desapareceu e, quando DeLuna chamou Ozat ao seu escritório e explicou o que outros no bordel lhe haviam contado, presumiu-se que Ozat de algum modo a havia assassinado e se livrado do corpo. Foi-lhe mostrada a filmagem em que ele era visto batendo ferozmente na moça; ela sangrava.

— E você está me dizendo, Sr. Ozat, que não sabe o que aconteceu com essa moça. Ela não foi mais vista depois dessa gravação. Do que você se lembra?

Ozat não se lembrava de coisa alguma. Os homens de DeLuna o haviam levado a um hotel e espalhado pelo quarto um pouco do sangue da moça, o que Ozat viu ao acordar. Na época, ele ficou convencido de que espancara a moça no bordel, a levara para o hotel, possivelmente a matara e depois se livrara do corpo. DeLuna disse que ele precisava comunicar à polícia o desaparecimento da moça e informá-los do que sabia. Quando Ozat implorou, chorou e lhe ofereceu qualquer coisa que quisesse, DeLuna abrandou e prometeu ajudar o homem. Nunca foi dito que DeLuna simplesmente mandara a moça para outro dos seus bordéis, em Salvador, onde ela se recuperou de uns poucos hematomas.

Quando DeLuna disse: "Do que você está falando? Lago subterrâneo? Você andou bebendo?" aquela terrível noite voltou instantaneamente à mente de Ozat.

DeLuna continuou:

— Bom, eu vou te dizer o que não é: não é um lago. E não é um rio. Este projeto está avançando sem desculpas idiotas. Trate de se livrar desse agrimensor e consertar as medições.

— Chunk, uma palavrinha — disse Carlos, acenando com a cabeça para que o engenheiro permanecesse sentado.

— Pare — disse DeLuna a Carlos, obstinadamente. — Nenhuma palavrinha. E você — disse, apontando para Ozat —, conserte a agrimensura para atender o que for necessário, e chega de papo sobre rios subterrâneos.

— Sim, senhor — disse o engenheiro.

Carlos acenou com a cabeça.

O engenheiro deixou os dois.

— Bom, eu estou saindo. Vou voltar para Lívia hoje de noite.

— Chunk...

— Eu sei, Carlos. Mas o que diabos podemos fazer? As paredes vão subir amanhã. Se você diz para o gerente de projetos que tem um rio subterrâneo, a coisa toda para. Eles param — a gente perde milhões com multas por descumprimento de prazo.

— E se estiver cedendo?

— Carlos, *está* cedendo. Você não ouviu o que Francisco disse? Não podemos fazer nada. O chão vai afundar um pouco. Isso não é areia movediça. O estádio vai ficar de pé. Pare de se preocupar.

PARTE

3

13

Lívia Cavalcanti fazia parte do miscigenado povo brasileiro. Seus avós paternos eram um misto de africanos e italianos, e a herança de sua mãe era holando-portuguesa e caiapó, uma tribo nativa da Amazônia. Era com os caiapós que Lívia mais se identificava. Enquanto crescia, sua mãe e sua avó contavam histórias, transmitidas na tradição oral nativo-brasileira, a respeito de seu bisavô, que fora o chefe de todos os caiapós. "Todos" os caiapós consistiam em tribos da floresta tropical somando cerca de quatro mil nativos, morando em uma série de aldeias às margens da grande bacia amazônica, mais de mil e quinhentos quilômetros continente adentro, diretamente a oeste de Recife.

Foi esse chefe, Punatira, que resistiu à invasão da floresta amazônica no século XIX. Ele conteve a construção de estradas. Era reverenciado por sua persistência em proteger suas terras da invasão. No fim, ironicamente, morreu de sarampo, contraído dos invasores europeus. Na década de 1970, a tribo estava à beira da extinção, e se estimava que contasse com menos de mil indivíduos quando se começaram a aprovar leis para proteger a floresta e seus habitantes que viviam à margem dos rios. Fora a bisavó de Lívia que tomara sua avó, deixara a selva com um dos "intrusos" e se estabelecera em Recife. A avó tinha grande prazer em contar a Lívia e seus irmãos contos da floresta tropical.

À medida que crescia a consciência de mundo de Lívia, crescia também seu sonho de visitar a floresta amazônica e conhecer suas raízes.

— Chunk, isso é importante para mim. Eu sempre quis ver de onde veio meu avô, ver a floresta — disse ela a DeLuna.

— Gostei da ideia; vamos fazer isso.

Surpresa, pois DeLuna raramente fazia algo de maneira espontânea, Lívia disse:

— Vamos, Chunk? Mesmo? Quando?

Eles haviam acabado de tomar o café da manhã na varanda da mansão à beira-mar. DeLuna se levantou e disse:

— Logo. Eu tenho que ir para Manaus daqui a umas semanas.

— Oh, Chunk, isso é maravilhoso!

— Fale com sua mãe e seu pai, apronte tudo, e eu levo vocês para lá.

Lívia se levantou e envolveu DeLuna com os braços.

— Às vezes, você sabe ser o homem mais querido do mundo. — E lhe deu um beijo nos lábios, algo muito raro para Lívia. Ela e DeLuna coexistiam. Não havia amor; era mais uma satisfação de necessidade mútua.

Excitado, ele pôs a mão nas nádegas dela e disse:

— Vamos lá para cima.

— Depois, eu quero ligar para a minha mãe. — Ela se retirou do abraço e começou a ir para dentro da casa.

— Tudo bem, depois. Quando você falar com ela, pergunte se ela quer vir junto; nós três e o piloto.

— Ela nunca andou de avião, mas vai querer ir. Eu sei disso.

— Nós vamos pegar um avião pequeno, provavelmente vai ter só uma pista de pouso pequena. Avise ela que vai ser um voo demorado. Leva horas para chegar até Manaus. Acho que o lugar de onde você falou que eles vieram fica em algum ponto no meio do caminho daqui para Manaus. Então, uns dias na selva e uns dias em Manaus. Você vai gostar de Manaus.

— Férias. Adorei. Obrigada, Chunk. — Ela o abraçou novamente, quinze centímetros mais alta que DeLuna, com os seios pressionados contra seu rosto.

O touro a tomou nos braços, uma imagem deselegante, o longo corpo dela projetando-se pernas e braços de cada lado dele. Mas o touro era forte e a carregou com facilidade para dentro da mansão.

****

Dez dias depois, seu avião se inclinava, sobrevoando a praia de Boa Viagem, e virava em direção ao oeste. O Cessna de quatro passageiros estava sobre um tapete verde que se estendia ininterruptamente por mais de três mil quilômetros. A viagem à terra dos caiapós cobriria uns dois mil quilômetros; no turbo, testaria os limites do combustível para chegar até o pequeno aeroporto na selva.

Na semana antes de embarcarem na viagem, Lívia e a mãe fizeram contato com a tribo através da Amazon Adventures. Essa empresa de turismo lhes forneceria um piloto, falante nativo da língua caiapó, que serviria como guia, organizando passeios diários durante sua visita ao longo do Rio Xingu, onde se aglomeravam as aldeias caiapós, e depois em Manaus. Pensar nos três dias que o guia passaria ajudando a apresentá-las a seus parentes distantes deixou Lívia num elevado estado de ansiedade.

O avião desceu bruscamente das nuvens; olhando por cima do ombro do piloto, Lívia estava preparada para bater. À frente e abaixo, até onde ela conseguia enxergar, não havia nada além de árvores. Daí, um grande rio apareceu do lado direito. O avião o seguiu e, depois de alguns minutos, Lívia enxergou o aeródromo.

— Chunk, por favor, me diga que não vamos aterrissar ali.

Chunk não precisou responder, pois o piloto apontou o nariz do avião direto para baixo naquele mesmo momento.

— Segure aí, dona; esse é o nosso aeroporto. — Lívia congelou à medida que pousavam, trinta segundos depois.

Chegando à pista de terra entalhada em meio às copas das árvores e perto da aldeia da tribo à margem do rio, os visitantes não estavam seguros do que esperar. O "aeroporto" era a faixa de relva, uma pequena construção com telhado de aço corrugado e um tanque de combustível. Chunk perguntou ao piloto como a tribo conseguia trazer combustível para aquele tanque num local tão ermo. Ele disse que o combustível vinha de barco; DeLuna achou aquilo um tanto esquisito.

Para a surpresa deles, quando o avião aterrissou, dezenas de membros da tribo vieram para saudá-los ao saírem do avião. Aparentemente, o retorno das "filhas" da tribo era algo importante, em especial a neta e a bisneta do estimado chefe Punatira.

Os membros da tribo estavam adornados com cocares coloridos de plumas de aves, pintura corporal, braçadeiras e quase mais nada. Durante os três dias seguintes, conversaram com suas parentas distantes por meio do guia. Eles fizeram passeios de canoa, rio acima, para pescar. Nadaram quase nus no rio todas as manhãs e nos fins de tarde. Chunk estava surpreso com a semelhança de Lívia e de sua mãe com as mulheres da tribo, a estrutura óssea facial. Com a exceção de que Lívia era uma gigante entre o povo da tribo.

— O senhor tem certeza que não é daqui, chefe? — perguntou o piloto a DeLuna.

— É verdade, Chunk — comentou Lívia. — Você é do mesmo tamanho que todo mundo aqui.

— A não ser por isto — disse Chunk, erguendo o braço direito e contraindo seu poderoso bíceps.

Membros da tribo que estavam sentados na margem do rio viram o enorme músculo, e dois meninos, que haviam ficado amigos de DeLuna, vieram tocá-lo.

— Acho que eu devia dar isto aqui para eles pegarem — disse DeLuna a Lívia, apontando para a região genital.

— Seu porco, nem se atreva!

No segundo dia, o guia caiapó organizou um passeio pelo rio. A mãe de Lívia optou por ficar na aldeia e se comunicar com algumas das mulheres com quem rapidamente fizera amizade por usar seu pequeno conhecimento da língua caiapó.

— Normalmente, não dá para subir o rio por esses riachos menores — disse o guia a Lívia e Chunk. — Mas com a chuva que está caindo toda esta estação, os próprios riachos viraram rios. Vocês vão ver coisas que ninguém a não ser os nativos jamais viu — disse ele, enquanto subiam a bordo do longo barco de fundo chato, do tamanho de duas canoas, com um motor de tamanho decente roncando na popa. Chunk e Lívia se sentaram no meio do barco, ele atrás dela. O guia se sentou na proa, de frente para eles, e um caiapó nativo era o timoneiro.

Uma névoa subia do rio ao passo que a chuva do início da manhã dava espaço ao Sol nascente; a umidade subia mais rápido. Rumando para noroeste no Rio Xingu, encontraram um afluente em cheia, e o guia acenou com a cabeça para o timoneiro. Ao entrarem no afluente, a paisagem imediatamente mudou. No galho exposto de uma árvore submersa, suspenso logo acima de suas cabeças, estavam dois grandes papagaios, um de cabeça amarela e outro de cabeça vermelha. Os pássaros observaram à medida que o barco passou sob eles, as longas plumas coloridas de suas caudas a centímetros da cabeça de Lívia. Ela se virou para continuar a observá-los.

— São lindas — disse para ninguém.

— Sim, senhora — respondeu o sempre educado guia turístico.

A seguir, a entrada do afluente nessa terra oculta se alargava de três para doze metros. Pouco depois, alargava-se novamente para cinquenta metros, expondo-os totalmente ao Sol, que subia mais no céu. Chunk observou, enquanto o barco passava por uma casa flutuante na margem direta. A cheia do riacho levantara a estrutura construída, não sobre palafitas, mas sobre uma jangada. Quando o rio subia, a casa subia junto. Na beira da jangada, que também servia como varanda da casa, uma menininha, bonita, mas gorda, estava sentada, balançando as pernas na água. Um macaquinho marrom de cabeça pelada estava no seu colo. Ao notar o barco, o macaquinho começou a guinchar. A menina gorda acariciou a cabeça da criatura, que se acalmou. Lívia trocou um sorriso com a menina.

Mais adiante rio acima, uma planta com folhas do tamanho de uma pessoa se curvava sobre a água.

— Lívia, fique de pé. Quero tirar uma foto de você com essas folhas no fundo — disse ele, erguendo seu iPhone.

Lívia se pôs de pé, ao passo que o timoneiro, sem entender português, mas captando o movimento de Lívia, desacelerou o barco, colocando o motor em reverso. Assim que a câmera do telefone capturou o pano de fundo da folha em formato de coração, de dois metros de altura, esta começou a circundar Lívia, envolvendo as bordas ao redor dela, à medida que o barco parou. O timoneiro se levantou, agarrou um facão de debaixo de seu assento, estendeu o braço à direita de Lívia e decepou o talo, fazendo a folha cair para longe dela, na água.

— O que era aquilo? — perguntou Lívia, momentaneamente atordoada, mais ciente do homem avançado em sua direção com um facão do que da folha, que ela apenas percebera no segundo em que o timoneiro a cortava.

O guia falou com o timoneiro em caiapó.

— Ele diz que é uma árvore travessa. — Continuaram falando; então o guia disse: — Ele diz que é muito incomum; a maioria das folhas de Gunnera são calmas. Até hoje, ele só viu uma outra folha se mexer assim. Ele diz que ela também se curvava sobre a água. Mas ele diz que ela não ia machucar a moça, a planta só gostou dela.

— Lívia, eu continuei tirando fotos; não dava para acreditar no que estava acontecendo. Olhe aqui, ela está quase enrolando você.

— É assustador, mas eu adorei. Não apague essa foto. Vamos nos divertir com ela em casa. Quero ampliar a foto e emoldurar. Um quadro, do tamanho da planta.

— Legal — foi todo o entusiasmo que Chunk conseguiu reunir.

Depois de algum tempo, o barco entrou novamente mais acima no Rio Xingu. O guia da Amazon Adventures providenciou um almoço tardio numa das casas flutuantes que servia de restaurante para os turistas na área. O cardápio quase fez Lívia desmaiar, oferecendo uma combinação de enguia, formigas e carne de cobra. Chunk experimentou o javali selvagem, ao passo que Lívia se contentou com um prato de frutas com goiaba e manga.

À tarde, subiram mais o rio. O timoneiro desligou o motor e cambou o barco, que principiou a ser lentamente levado rio abaixo pela corrente.

— Os seus sentidos vão ficar mais aguçados agora — comentou o guia.

Chunk não sabia o que ele quis dizer, mas Lívia ouviu de imediato — quieto, mas barulhento. Não mais o ruído produzido pelo homem do motor de vinte cavalos; o som da natureza, de milhões de criaturas vivendo suas vidas: estalos, grasnados, silvos, mergulhos, bicadas na madeira e na lama, mastigação e vento. Diretamente à sua frente, Chunk viu um pássaro voando baixo, apanhando insetos da superfície do rio. E então — zás! — o pássaro havia sumido.

— Você viu aquilo? — disse ele a Lívia.

— Sim. Aonde foi aquele pássaro? O que era aquilo?

O guia se voltou para ver do que estavam falando, mas não viu coisa alguma.

O timoneiro virou o leme, de modo que o barco agora se dirigia diretamente para o ponto onde o pássaro desaparecera.

— Pirarucu — disse ele.

— O quê? — disse Lívia. — Alguma coisa saiu da água e comeu aquele pássaro.

— Pirarucu — disse novamente o timoneiro e apontou para a esquerda.

— Vejam! — disse o guia, quando o grande ser cinzento emergiu, tossiu e lentamente passou deslizando pelo barco. Ele tinha a metade do comprimento da embarcação e seguiu rio acima.

Chunk tirou seu iPhone do bolso e capturou o comprimento total do peixe de três metros com a câmera. Chunk e Lívia, perscrutando atentamente a trajetória do peixe, levantaram os olhos para o timoneiro.

— Pirarucu — ele confirmou.

Ambos riram, e o mesmo fizeram o guia e o timoneiro, por verem um dos animais ímpares da bacia amazônica. O guia e o timoneiro conversaram em caiapó por um momento.

— Ele disse que o pirarucu tem um focinho mais comprido e mais largo que um tamanduá. Ele chama esse peixe de "Gigante da Amazônia". Inofensivo, mas muito, muito grande.

— Muito, muito grande — concordou Chunk.

— E assustador — acrescentou Lívia. — Pelo menos na primeira vez que se vê. Pode perguntar para ele por que o peixe sai da água daquele jeito?

Houve mais conversa entre a proa e a popa.

— Ele diz que o peixe sai para tomar ar. Ele respira; isso é o que foi aquela tossida, o peixe estava tentando respirar. Além disse, parece que ele come pássaros pequenos.

— Bizarro — disse Chunk. Ainda assim, estava feliz de ter uma foto para mostrar aos seus rapazes na CDL Empreendimentos. E, com a mesma prontidão, tirou da mente o pensamento da CDL. Ele estava em paz ali e queria permanecer assim.

Lívia olhou por cima da lateral do barco para tentar ver outro pirarucu. A água mal se movia. Ela sorriu para seu reflexo; então viu uma coisa musculosa na superfície, serpenteando em direção ao barco. Era grande e muito comprida.

— Para trás! — ordenou o timoneiro, que levou à boca um longo tubo e soprou um dardo venenoso na cabeça da cobra, matando a sucuri-preta.

Lívia olhou para Chunk. Estava tremendo. Chunk olhou para o guia, que estava falando com o timoneiro.

— Ele disse que é um dia estranho. Ele nunca viu um pirarucu e uma sucuri no mesmo dia. Os dois são raros.

— E grandes. Hoje deve ser nosso dia de sorte — disse DeLuna, rindo. — Se a gente sobreviver.

O guia traduziu, e os quatro viajantes no barco riram — Lívia com nervosismo.

Lívia inspirou. Podia sentir o cheiro da selva, o bolor, o verde e o oxigênio sendo criado. Depois de um tempo, ela olhou com cautela para dentro do rio novamente. Era tão cristalino, que ela tinha a impressão de que podia beber a água. Podia ver os pequenos peixes passar nadando; perto da margem, viu longas folhas de relva ondulando abaixo da superfície. Havia reflexos de urubus voando em círculos acima deles na superfície da água.

O barco parecia não se mover ao ser carregado pelo fluente Xingu. Chunk estava deitado de costas, as mãos atrás da cabeça, observando as nuvens acima. Lívia estava sentada, isolada; as costas eretas, as mãos cruzadas sobre o colo, a cabeça ligeiramente inclinada para a direita, como se estivesse escutando. Sentiu um bolsão de ar fresco cruzar sua testa, rosto e peito. O ar mais frio viera de cima e, com a mesma rapidez, ela foi novamente envolta pelo calor úmido da selva. Seus olhos saltavam de objeto em objeto ao longo da margem: uma grande orquídea púrpura debaixo de uma palmeira frondosa; os frutos amarelos, semelhantes a melões, da trepadeira de maracujá pendendo sobre um flamingo cor-de-rosa que se movia lentamente na água rasa; uma revoada de papagaios verdes, talvez cinquenta deles, todos exatamente do mesmo tamanho, fazendo algazarra. Longas folhas vermelhas, semelhantes a dedos, pendiam de galhos na margem oposta. Borboletas batiam as asas enlouquecidamente em volta de flores roxas cônicas que caíam de um emaranhando de cipós pendurados no topo das árvores. O cinza de Recife veio à mente de Lívia e sumiu à medida que a imagem deste mundo de cores com uma bela moldura verde ao seu redor empolgava seus olhos.

O barco acompanhou a curva da entrada do riacho, e estavam se aproximando da aldeia. Chunk se esticava em vão de sua posição reclinada; tentava arrancar uma banana de uma bananeira que se inclinava sobre a corrente de água menor. O barco deslizou até o trapiche e atracadouro. O timoneiro pegou um bumerangue e o lançou de lado contra um mamoeiro. A ferramenta partiu o caule, derrubando um cacho das suculentas frutas ao chão. À medida que desembarcavam, ele entregou um mamão para cada um deles. Os quatro se sentaram no trapiche, com as pernas balançando dentro da água, e conversaram sobre o dia e comeram os mamões. Lívia ficou de olho em qualquer coisa que deslizasse na água, puxando rapidamente as pernas para fora quando um peixe emergiu para apanhar um inseto.

No terceiro dia de sua visita aos caiapós, Chunk foi pescar pela manhã, uma longa caminhada através da relva alta até um ponto de pesca favorito da aldeia. Lívia e a mãe ficaram com o guia e as mulheres da tribo. Escutaram às narrativas da história da tribo. Lívia contou histórias sobre a vida na cidade de Recife. Os nativos caiapós e as recifenses estavam espantados com o modo de vida uns dos outros.

Na relva perto da margem do rio ao fim da tarde, o Sol era opressivo, mas o rio trazia uma brisa fresca. Quatorze pessoas da tribo e os quatro hóspedes relaxavam na usina de oxigênio da Terra. O guia relatava histórias da tribo, e o timoneiro caiapó comunicava as informações compartilhadas por Lívia e sua mãe. Chunk se sentou ao lado de Lívia, pôs o braço em volta dela e a puxou para a relva. Ficaram ali, deitados, olhando para o alto, ouvindo pássaros trinando mais para dentro da selva e a fluidez da conversa dos caiapós, da sua avidez de falar sobre sua cultura. Lívia pensou: "Isto é bom." DeLuna espiou para a esquerda, olhando uma mulher nua, a não ser por uma tanga, e pensou: "Isto é bom."

DeLuna disse a Lívia:

— Eu podia viver aqui.

— De jeito nenhum você ia conseguir viver aqui — riu ela.

— Eu podia; eu entre as feras. O rei da selva!

Os dois riram. DeLuna não tinha medo das onças que o povo da aldeia temia, nem das cobras, com as quais haviam tido contato várias vezes, nem de se perder. Estava em casa. Ao flutuar num sono leve, no conforto dos novos amigos, ele se perguntou por que a civilização era tão feroz e combativa, e por que a natureza selvagem era tão pacífica. A fera estava domada.

Na manhã do quarto dia, ao partirem, muitos membros da tribo vieram se despedir da sua "família". Caminhavam juntos, em fileiras de cinco ou seis, numa longa fila que parecia um desfile. Lívia, sua mãe e o chefe iam à frente; DeLuna ficou atrás, com o piloto e o guia, deixando Lívia e a mãe aproveitar este momento ao Sol. O chefe, usando uma viva veste cerimonial, pintura facial colorida e um cocar, levava um enorme papagaio sobre o braço. O pássaro era um arco-íris de plumas.

Lívia vira o magnífico papagaio dois dias antes. Ao passar pela grande casa do chefe, que repousava sobre uma jangada no rio, ouviu o pássaro falar como se a conhecesse. O chefe treinara bem a ave — um cachorro sem dono passou e o pássaro latiu para ele. Lívia chorou de rir. O latido fora tão real que o cachorro ficou assustado e fugiu. Até DeLuna, que não tinha senso de humor, deixou escapar um sorriso.

— Chunk — começou Lívia —, eu preciso ter esse pássaro.

Em pé ao lado do guia e intérprete, o chefe disse:

— Obrigado por virem para casa. Para ajudar vocês a sempre se lembrar de sua família, temos um presente. Eu dou a você Lábios Enrugados; entendo que você achou o pássaro muito divertido.

Ele estendeu o braço para Lívia e, ao ouvir as palavras dele e o presente que lhe entregava, ela também estendeu o braço. Lívia lançou um olhar proposital para Chunk. Um membro da tribo rapidamente pôs um pano de juta sobre o braço de Lívia quando o pássaro pulava do antebraço do chefe para o dela. Ela inicialmente recuou quando as garras se firmaram no pano e através dele. Lívia se encolheu, mas manteve o braço erguido. Sabia que era uma honra. Um pássaro. Seu pássaro. Lábios Enrugados.

14

Ao longo de seus anos com Chunk DeLuna, Lívia Cavalcanti havia mudado. Ao passo que Chunk se tornara mais rico e poderoso, Lívia aumentara em conhecimento, se tornara mais forte. Após sua viagem à Amazônia, ele se tornou mais curiosa. Ela lia, uma leitora voraz, não somente dos grandes escritores sul-americanos, como Paulo Coelho, Jorge Amado, Isabel Allende, Vargas Llosa e Pablo Neruda — particularmente Neruda, o poeta chileno do amor —, mas também dos franceses, russos e espanhóis. Como DeLuna se recusava a aceitar filhos no seu relacionamento, Lívia tinha animais de estimação: o papagaio, Lábios Enrugados, e o cachorro de DeLuna, Cortito, que era já centenário em anos caninos.

Lívia passava os dias fazendo coisas simples. Tinha uma vida que outras mulheres invejavam, em particular as que moravam a quatro ruas da praia, nos conjuntos habitacionais onde Lívia tivera sua origem. Jogava frescobol na praia, tênis no clube e vôlei numa liga feminina. Ela ansiava por mais ação em sua vida. Não uma vida agitada como a de Chunk, que era perigosa. Mas desejava mais; estava inquieta.

Lívia sofrera alguns abortos; de fato, abortos provocados. Chunk não estava pronto para ser pai; jamais estaria pronto para ser pai. Lívia estava. Queria um filho — filhos.

Assim, como tinha tempo nas mãos, Lívia continuava com sua busca. Uma estufa foi anexada aos fundos da mansão em estilo mediterrâneo; ela cuidou de plantas por um tempo. Tratava de exóticos talos com folhas gigantes do coração da Amazônia; regava minúsculas e delicadas samambaias dos Andes. Aguava o flamante bastão-do-imperador e pôs várias amazonenses flutuando em cima de um grande disco no *hall* de entrada. No fim da manhã, ela tomava chá verde no pátio entre a estufa e o mar.

Certo dia, quando Adônis, seu empregado, lhe servia o café da manhã, ela disse enquanto inspirava profundamente:

— Isso é tão maravilhoso que eu podia comer.

— Sim, senhora, o seu café da manhã?

— Não, Adônis, eu quero dizer o ar. É tão fresco e puro. — Lívia sorriu e sorveu a brisa do mar.

— Sim, senhora. O ar está maravilhoso esta manhã.

— E o céu — continuou ela — está tão limpo hoje. Parece que acabou de nascer. Eu devia pegar minha câmera e capturar essa beleza.

— A senhora devia pintar um quadro disso — respondeu Adônis.

— Pintar um quadro — respondeu Lívia. — Você é engraçado, Adônis. Eu não sei pintar.

— A senhora é uma artista, Dona Lívia. Tudo o que faz tem beleza.

— Obrigada, Adônis — ela agradeceu. — Mas como alguém poderia pintar isto? — e levantou-se, abrindo bem os braços.

— Meu amigo, Estêvão, ele pode pintar isso — disse Adônis, com orgulho. — Estêvão poderia ensinar a senhora a pintar isso.

— Pintar é demorado; eu ia ficar doida. — Lívia sorriu, abaixando os braços e se sentando como se estivesse exausta só de pensar no assunto.

— Estêvão diz que as pessoas têm pressa demais. A sua vida vai acabar e elas nunca vão ter vivido.

Lívia olhou para Adônis. O pensamento expresso por ele a surpreendeu.

— O que mais seu amigo diz?

— Entre os meus vizinhos, ele é um sábio. Ele diz que pintar ajuda a pessoa a ter mais percepção. Tirando tempo para se concentrar de perto, por dias, em uma parte da vida, você chega a admirar a genialidade de Deus. — Adônis disse isso olhando ao longe, na direção do oceano, sorrindo e pensando no amigo.

Lívia também sorriu. Pensou: "Mesmo que eu nunca aprenda a pintar, ainda assim gostaria de conhecer um homem que pensa desse jeito."

****

No dia seguinte, à tarde, quando Lívia terminou de nadar, Adônis lhe trouxe uma toalha.

— Adônis, o seu amigo pintor tem um ateliê? Eu gostaria de ver as pinturas dele.

— Ele tem, senhora.

— Então, amanhã de tarde, em vez de nadar, eu gostaria que você me levasse lá.

— Sim, senhora — disse Adônis, feliz de que Lívia confiava no julgamento dele a respeito desse amigo.

****

Na tarde seguinte, às duas horas, Adônis levou o Audi A8 até a frente da casa, e Lívia se sentou no banco do passageiro, na frente.

— A senhora não ficaria mais confortável no banco traseiro? — disse Adônis, ciente de sua posição.

— Normalmente, sim. Mas hoje eu estou indo com você como amiga, para conhecer seu amigo.

Adônis sentiu como se a vida houvesse mudado. Sabia que não mudara, mas por um momento, não estava mais abaixo de ninguém — só por um momento.

— Onde fica o ateliê do seu amigo, Adônis? — perguntou Lívia, olhando para seu motorista.

— Na parte antiga de Recife, na zona sul, perto do rio.

— Muito bem, então. Vamos nessa, meu amigo! — exclamou Lívia, empolgada, uma nova aventura prestes a se desenrolar. Ela esperava.

****

O ateliê do pintor amigo de Adônis ficava num antigo moinho à margem do Rio Capibaribe, no sul de Recife. O ateliê do artista era no segundo andar, onde havia um longo corredor e nenhum outro inquilino.

Adônis segurou a porta para Lívia ao entrarem, e ela ficou imediatamente pasma com um grande e largo mural na parede à sua direita. O ateliê em si era um retângulo aberto, com quatro grandes janelas quadradas no centro, que davam vista para o rio e as copas verde-escuras das árvores adiante dele. À esquerda, havia divisórias e, numa delas, um homem mais velho conversava com três mulheres e um jovem. Lívia presumiu que o homem mais velho fosse o amigo de Adônis, já que era o único a falar e o único que não tinha um pincel e cavalete.

— Eu avisei Estêvão que nós viríamos por volta desta hora — disse Adônis a Lívia, a qual sabia bem que qualquer horário marcado no Brasil é "por volta daquela hora". Não havia pressa. — Ele disse que estaria terminando mais ou menos esta hora. — Adônis apontou para os assentos à direita: — Por que não sentamos?

— Pode se sentar; eu vou dar uma olhada.

Lívia vagueou de uma pintura para outra nas paredes à esquerda e na área com divisórias. Havia muitos estilos, uns bons, uns péssimos. Havia duas ou três pinturas particularmente deslumbrantes, centralizadas no meio das boas e das péssimas. Lívia presumiu que fossem do instrutor.

Alguém começou a tocar violão em uma das divisórias, fora da vista de Lívia. Daí, ela ouviu um cantarolar, até mesmo um canto baixo, acompanhando o violão. Lívia voltou ao centro do grande espaço aberto e pôde ver o velho instrutor sentado num banco, tocando violão, e seus alunos finalizando suas pinceladas ou começando a limpar os pincéis. As três mulheres e o jovem gingavam os quadris. Lívia achou que o jovem atraente era quem estava se saindo melhor no requebrado. Pensou que alguém devia estar pintando aquela cena.

Depois de se passarem alguns minutos, quando os alunos saíam, o instrutor foi até onde Lívia estava em pé, olhando para o grande mural.

— Eu sou Estêvão — disse, estendendo a mão para Lívia.

— Eu sou Lívia. Adônis me falou sobre você. Obrigada por nos deixar visitar — disse Lívia, voltando o olhar para Adônis, que permaneceu sentado e então acenou para Estêvão.

— Meu querido amigo. Foi bondade dele trazer você aqui. Ele diz que você é uma artista — disse Estêvão.

— Não, não — negou Lívia, lançando um olhar para Adônis. — Por que ele diria isso?

— Oh, me perdoe. Ele não disse que você pinta. Foi a forma como ele descreveu o que você faz, sua maneira de fazer as coisas, que me levou a concluir que você é uma artista — disse Estêvão, sorrindo, revelando dentes que, embora não fossem mais brancos e tivessem ficado amarelados da idade, ainda assim eram fortes e bem alinhados, e um dente de ouro na frente, que dava certo encanto ao seu sorriso.

— Eu vou precisar ter uma conversa com meu amigo — disse Lívia com um sorriso irônico, com apreço pela sensibilidade de Adônis.

— Pegue leve com ele; ele sempre é muito respeitoso quando fala de você.

— Tudo bem — disse ela, espiando para Adônis. Daí, voltando-se novamente para o instrutor: — Me fale desse mural. É cativante.

— É a selva, a Amazônia, nosso país — disse ele, com orgulho, e começou a apontar diferentes árvores e pássaros escondidos entre elas.

— Aquilo é uma pantera? — perguntou Lívia. Ela percebeu que, entre a selva e os muitos tons de verde e marrom, o artista habilidosamente escondera animais, pássaros e até insetos da floresta.

— Você tem bons olhos — disse Estêvão, olhando para os olhos de Lívia.

— E ali... aquele pássaro — disse ela, continuando a desvendar os segredos incorporados à pintura.

— Sim.

— E uma cobra — disse, perdendo o fôlego de espanto ao perceber que havia uma grande cobra preta e verde se desenrolando de um galho alto na pintura. Era quase invisível na sua camuflagem.

— Você está enxergando minha floresta. Muito bem, muito rápido.

Andando alguns metros para trás, Lívia admirou a inteira pintura, que tinha cerca de dez metros de comprimento e três de altura.

— Você fez isso, tudo isso?

— Sim — respondeu ele e baixou os olhos.

Lívia estava abismada. Um trabalho enorme, tão intricado. Por que ele parecia tão humilde a respeito dele? Ela apontou para as outras pinturas nas paredes e nas divisórias do lado oposto da sala em relação ao mural.

— E essas? Tem mais pinturas suas entre elas? — Ela se conteve imediatamente para não ofendê-lo. — Deixe ver se eu consigo encontrar! — exclamou, empolgada com o jogo que estava criando.

Estêvão Araújo assentiu com a cabeça e sorriu.

Lívia andou até a parede à esquerda da entrada e apontou uma paisagem no meio dela. Estêvão acenou a cabeça. Em uma das divisórias, à esquerda, ela apontou um retrato. Estêvão novamente acenou a cabeça. Daí, na extrema direita das divisórias, perto da janela quadrada mais à esquerda, ela identificou uma natureza morta. Ele sorriu.

— Nada mal, hein? — disse ela, satisfeita de si. — Achei todas as suas, não é?

— Não. Você deixou passar duas.

Lívia corou:

— Deixe eu olhar de novo. — E ela foi passar pelas cerca de setenta penduradas nas paredes do ateliê. Desconcertada, achou que não poderia identificar outra pintura sem insultar o instrutor; todas eram tão ruins.

— Precisa de ajuda? — brincou ele.

— Sim — disse ela, ao passo que Estêvão foi primeiro até uma terrível pintura de uma vaca e, depois, uma péssima pintura do mar.

— Essas duas também são minhas.

Ela corou ainda mais.

— Me deixe ajudar você. Eu vou te dar a primeira resposta, e você me dá a segunda — disse ele, num jogo que Lívia não compreendeu, mas concordou em jogar por acenar a cabeça. — Todas as pinturas nesta parede são de alunos, pintores iniciantes, com exceção das três que você identificou corretamente. Eu penduro na parede muitas das primeiras pinturas dos meus alunos, inclusive as minhas, para eles terem orgulho dessas primeiras obras, mesmo que sejam uma porcaria — disse Estêvão, o instrutor.

Lívia riu alto e pôs a mão sobre a boca.

— Sim, muito ruins, não é? — continuou ele.

Ela riu de novo e decidiu cutucá-lo:

— Especialmente as suas!

Ambos riram; ele colocou uma mão no ombro dela, dobrando-se de tanto rir.

— Agora — disse —, está preparada para a segunda parte?

— Sim — disse ela, com um sorriso, começando a gostar do seu senso de brincadeira.

— Muito bem, por que as minhas outras três pinturas estão aqui, no meio disso tudo? — Ele riu.

Lívia olhou as três pinturas que identificara corretamente. A paisagem, o retrato, a natureza morta. Encarou-as. "Por que essas três?" pensou. Eram todas tão diferentes.

— Elas são diferentes. É por isso que estão aí. — Ela deu um pulo. — É por isso, não é? — gritou ela, esganiçando com uma adolescente, sabendo que estava certa.

O dente de ouro reluziu com o sorriso dele.

— Sim... — E antes que ele pudesse prosseguir, ela deu um pulo no mesmo lugar. — Calma! — disse ele. — Mas por que são diferentes?

— Ops! — ela deixou escapar audivelmente. Novamente ela pôs o cérebro para funcionar. A paisagem era ao ar livre; as outras duas pinturas podiam ser feitas no estúdio. A paisagem era natural — árvores na encosta de uma colina que descia até o oceano. O retrato era de uma pessoa sentada — um homem posando de perfil, com um grande nariz pontudo e cabelos negros e ondulados. A natureza morta era de um vaso de flores — muitos tipos, muitas cores. Daí, ela disse que essas coisas retratavam estilos e temas diferentes. O tempo todo, Estêvão ouvia atentamente enquanto a jovem mulher falava.

— Meu amigo Adônis estava certo. Lívia, você é uma artista. Você devia ser uma pintora — disse Estêvão, e acrescentou: — Vou ter o prazer de pendurar uma de suas péssimas primeiras pinturas na minha parede?

Lívia riu, assim como Estêvão. Ela olhou para ele.

— Talvez — disse timidamente. Estimulada, sentia-se como se aquele homem mais velho, porém charmoso, lhe tivesse passado uma cantada. — Talvez.

15

Lívia Cavalcanti se tornara vivaz, deslumbrantemente sedutora na maneira em que se apresentava. Seu cabelo era grande, crespo e pendia do lado direito. Tinha um rosto oval; seu queixo formava um V que enfatizava seus reluzentes dentes brancos quando sorria, algo que acontecia cada vez mais raramente. Vestia roupas que deixavam bastante do seu corpo à mostra. Ela era atlética, firme e trigueira. Suas roupas sempre eram justas, para salientar as curvas de sua boa forma, e de cores claras, para contrastar com sua bronzeada pele morena. Os decotes de suas blusas eram profundos, para ostentar as joias que pendiam entre seus seios pequenos e rijos; as alças de suas regatas eram estreitas e ressaltavam seus braços maravilhosamente tonificados. Aonde Lívia fosse, as pessoas, homens e mulheres, olhavam duas vezes quando a notavam.

Depois de ir morar com Chunk, anos antes, Lívia continuara a crescer, tendo agora um metro e setenta e cinco de altura, em contraste com o metro e sessenta de DeLuna. Ao lado dele, ela parecia ainda mais alta. A diferença era gritante — ela tão bem formada, alta e magra; ele baixo e atarracado. Lívia parecia uma atleta, e era. Nas suas atividades — corrida, vôlei de praia, dança e tênis — ela se sobressaía. Apenas quatro meses jogando tênis e já tinha o saque mais forte de qualquer mulher no Recife Praia Clube.

Apesar de toda a satisfação que ela derivava dos esportes, um novo interesse, a pintura, a estava cativando. Descobrira que podia ficar absorta na pintura, não pensar na dor de sua vida.

117

Lívia não pensava em Chunk enquanto estavam separados. Era importante para ela se desprender dele quando não estavam juntos; quando estavam, ele era uma presença tão dominadora e exigente. Ao passo que a moça se tornara alinhada e radiante, DeLuna se tornara mais parrudo, endurecido e ameaçador. Um conflito fervilhava dentro de Lívia. Chunk a resgatara da pobreza, era bom para ela em termos de atender a quaisquer desejos seus; mas ela se sentia cada vez mais pobre. Ela queria mais — não riqueza ou coisas para comprar — Lívia queria amor. Sim, ela sabia, Chunk a amava de seu próprio modo bárbaro, e ela gostava dele. Mas havia agora uma dor no seu íntimo; faltava algo. Ela queria gostar de um homem, tocá-lo com ternura, beijar seus lábios e ainda poder sentir o beijo horas depois. Sabia que não amava Chunk, não no sentido romântico. Eles não se beijavam, e quando ele fazia aquelas coisas com ela, quando fazia amor à sua maneira, ela nunca se sentia aliviada, nunca satisfeita, apenas exausta. Lívia precisava de algo mais. Talvez pintar ajudasse. Lívia decidiu ter aulas com o amigo de Adônis.

Estêvão Araújo, seu instrutor, era talvez quarenta anos mais velho que Lívia. Parecia ainda mais velho, encurvado como era pelos anos de arquear as costas ao pintar em seus cavaletes. Ela tinha aulas com três outros alunos, e achava revigorante o método simples de incentivo de Estêvão. Ninguém jamais a inspirara a expressar um talento; porém, aqui estava este homem bondoso, mais velho que seu pai, falando baixinho suaves elogios.

Depois de semanas de aula, Lívia queria pintar Lábios Enrugados, o papagaio que ganhara de presente em sua visita à Amazônia. Ela adorava as cores, as longas plumas e a cauda comprida de Lábios Enrugados. O pássaro sempre tinha um brilho no olho, como se estivesse pensando em algo para dizer. Lívia queria captar isso.

Estêvão permitiu que Lívia trouxesse o pássaro à aula, dando uma simples advertência após a primeira hora:

— Ele pode ficar se conseguir manter o bico fechado.

Lívia tinha um sinal para o pássaro se calar; levantou sua mão direita e a passou da esquerda para a direita na frente dele, como se dissesse: "Feche o bico." Funcionou.

Conforme a pintura do pássaro entrava em seu segundo mês, Estêvão era seduzido pela beleza da obra de Lívia. Pinceladas longas, recobertas com leves toques do pincel para captar a granulação da ave, sua textura; cuidadosamente misturando as cores, Lívia se esforçou para retratar os verdadeiros tons de vermelho, azul e verde das plumas. Foi aqui que Estêvão lhe deu dicas, quase sussurros, mas deixou para ela criar o pássaro na tela. Ele podia pintar a ave, mas percebia que era importante que Lívia fosse a criadora da obra.

No fim de uma tarde, quando os outros alunos haviam ido embora e Estêvão limpava os pincéis, Lívia veio até ele. Olhou para o homem maduro, primeiro com admiração, depois com ternura. Inclinou-se na direção do homem franzino e alto e lhe deu um beijo nos lábios. Ele se afastou bruscamente, uma reação a algo inesperado; um sorriso lhe atravessou o rosto, expondo o dourado dente dianteiro. Lívia mais uma vez se inclinou para a frente, colocou as mãos dos dois lados da cabeça dele e o beijou de novo, diretamente nos lábios. Ele não recuou. Pôs as mãos nos cantos dos ombros dela e se afundou nos seus lábios, movendo seus próprios lábios em compasso com os de Lívia.

Uma memória distante foi evocada do seu passado, os lábios macios de outra moça, sua esposa. A sensação que agora experimentava estava havia muito esquecida, algo pelo qual era agora grato, pelo que despertava naquele homem bondoso.

O beijo foi prolongado e, depois de um tempo, terminou. Chegara ao seu fim. Lívia não se afastou; Estêvão não se afastou. O beijo simplesmente chegara ao fim. Olharam atentamente um para o outro. Estêvão avançou para beijar Lívia mais uma vez, agora excitado. Ela se afastou lentamente, colocou a ponta do dedo nos lábios dele.

Estêvão estava enfeitiçado, mas a diversão acabara. Não em sua mente, porém. Ele manteve o pensamento da mulher mais jovem em sua mente. A fidelidade não é o ponto forte de muitos artistas brasileiros que ensinam mulheres negligenciadas. As tentações estão sempre presentes com essas alunas carentes. Mas até aquele dia, Estêvão jamais fraquejara. As oportunidades haviam sido passageiras anteriormente; mas ele jamais se sentira tão realizado com tamanha rapidez… bem, não em muitos anos.

Lívia nunca beijara um homem daquela forma com tamanho sentimento de… gratidão… pela maneira como ele fizera que se sentisse. Ela se apanhou cantando na volta para casa. De onde vinha essa felicidade? Era um reflexo do seu íntimo, de que se sentia tão bem consigo mesma que compartilhara isso com Estêvão? Ou será que de fato tinha sentimentos pelo homem? Ela achava que se tratava da segunda opção. Afinal, apesar de mais velho, ela era bonito, ainda em boa forma. Ela podia sentir a força de suas mãos e braços quando ele segurava seus ombros, e quando ele colocou o braço ao redor de suas costas, ela sentiu um arrepio. Naquele momento o beijo chegou ao fim; ela ficara excitada.

Agora, ela se sentia mal por ter se afastado quando Estêvão avançara. Esperava que ele não tivesse captado a mensagem errada. De fato, Lívia tinha vontade, tanta vontade que sentiu sua pulsação acelerar só com o pensamento; tanta vontade que esperava ter coragem de dar sequência àquele beijo com outro.

Estêvão também estava cantando ao voltar para casa. Era uma canção que ele costumava ouvir e cantar anos atrás. Cantou as palavras *"your kiss is on my lips"* e visualizou o beijo de Lívia. Pensou: "Estêvão, você tem que pintar aquele beijo. Você tem que capturá-lo, porque nunca vai ganhar outro." Ele riu ao descer do ônibus perto de sua casa. Uma mulher que subia no ônibus evitou o homem risonho com o dente de ouro. Enquanto caminhava, ele pensou: "Como se pinta um beijo?" Ele disse a si mesmo que o pintaria.

16

A velha igreja portuguesa de São Pedro estava cheia pela metade. A missa daquela terça-feira era o funeral solene de um agente funerário de Olinda. No fundo da igreja, algumas senhoras idosas estavam espalhadas, como sementes num campo, não em fileiras parelhas. Eram do tipo que assistia à missa todo dia, quer fosse funeral, casamento ou rito diário. Entre elas, havia uma jovem sozinha, a cabeça respeitosamente coberta com um véu. Estava ajoelhada, orando profundamente. Diferente das idosas de postura desleixada, sentadas nos bancos, esta mulher mais jovem estava ereta da cabeça aos joelhos; uma linha de postura perfeita.

Embora a jovem estivesse imóvel, um turbilhão fustigava seu íntimo, à medida que debatia, cria ela, com Deus.

— Sim, eu posso ir para o céu sendo eu mesma. — Sua boca se movia sem som.

— Não podes fazer o que fazes e ainda assim vir a mim — respondeu a voz interior.

— Olhe para mim, não para ele. Eu não faço nada de errado.

— És parte disso — disse Deus. — Parte dele.

— Eu vivo; eu não mato.

— Fazes abortos — disse o espírito.

— EU NÃO FAÇO! — gritou Lívia no íntimo, mas alto o suficiente para que algum som escapasse de seus lábios. As velhas nos bancos viraram a cabeça, olhando na direção dela. Os lábios de Lívia se enrijeceram ao responder: — ELE MATA MEUS BEBÊS. — E levantou sua cabeça, olhando para o altar. — Ele mata, não eu.

— Quem é que goza dos frutos de seus pecados, esses assassinatos que ele comete? — Deus lhe perguntou do altar.

— Eu moro com aquele homem. Eu amo ele, de alguma forma. Ele me salvou daquela vida. Ele me trata bem. Ele gosta de mim — implorou ela.

— Não podes dizer que abortar teus filhos e te espancar é cuidar de ti! — falou Deus.

— Eu não disse que não é difícil. É difícil. Eu preferia que ele não me batesse, mas sou forte. Eu consigo aguentar. Eu disse a ele não queria os abortos. Eu quero os bebês. Ele é que tem o problema; ele não quer filhos. O que eu posso fazer? Deixar ele? — perguntou a si mesma.

— Sim — foi a resposta de Deus que veio do íntimo de Lívia.

— Como? Meu mundo é lá. Eu só vejo ele duas ou três noites na semana e nos fins de semana. Ele fica fora o resto do tempo — insistiu ela, buscando a resposta certa.

— Ele está fora fazendo seus negócios, sua maldade. Tu és parte disso.

— NÃO SOU! — gritou em desespero para Deus.

Lívia estava exausta. Fez o sinal da cruz em sua cabeça, peito e ombros, e se levantou. Era aniversário de Chunk; precisava comprar um bolo para ele.

****

— Os mexicanos são idiotas. — Chunk estava monopolizando as atenções em seu pátio, ao lado da piscina. Sua gangue estava lá, com suas mulheres, quando Lívia chegou a casa. — Eles cortam as cabeças das pessoas e colocam elas em postes depois de matar. — Ele deu um grande sorriso. — Vocês podem matar seus inimigos, mas não chamem atenção para vocês mesmos.

Carlos interveio, com orgulho:

— Nenhum de nós foi preso nos últimos seis anos.

Chunk convidara dois novos membros ao seu círculo íntimo: um chefão do tráfico no Rio, chamado Chiba, e Geovanne Alves, um cafetão de Olinda que agora administrava três bordéis para DeLuna em Manaus, a grande cidade na floresta amazônica, à margem do Rio Negro. DeLuna queria incutir neles "seu modo" de fazer negócios.

— Quando Carlos era mais novo — Chunk riu, erguendo sua bebida —, ele fazia um monte de idiotices: roubava pessoas à luz do dia, não planejava um assalto, deixava testemunhas vivas, etcétera, etcétera. Mas eu ensinei ele a sobreviver — concluiu DeLuna, enquanto que Carlos torcia o nariz por ser dado como exemplo.

Carlos pensou: "Não se fala assim do homem número dois da organização." Daí, pensou que esse era o jeito de Chunk. Mas apoiou a fanfarrice do chefe:

— Ele ensinou mesmo, e por causa disso não estamos presos.

Chunk continuou:

— Agora, eu não estou dizendo que vocês têm que ser moles; nada disso. Vocês têm que ser discretos: sem polícia, sem imprensa, sem problemas.

— Como você fica fora dos jornais? — perguntou Geovanne.

— O que você quer dizer, Geovanne de Olinda?

— Quero dizer, quando vocês matam alguém, quando cortam a cabeça de um inimigo, como abafam isso? — questionou Geovanne.

— Meu Deus do céu! — explodiu Lívia, não exatamente por causa de sua conversa com o Todo-poderoso. — Você falam de matar gente como se estivessem falando de futebol. — Ela deu uma pausa, em pé ao lado da piscina. Pôs as mãos na cintura. — Chunk, é o seu aniversário. Vamos nos divertir.

Chunk olhou para ela. Já tendo tomado seu quinto drinque, seus pés estavam instáveis quando correu para Lívia. Ele pôs as mãos nos bíceps dela, ergueu-a e lançou-a na piscina, com roupas e tudo. Quando Lívia veio à tona, Chunk disse:

— Tem razão, Lívia. Isso foi divertido! — Ele riu e olhou para seus camaradas, que estavam gargalhando incontrolavelmente pela espontaneidade da ação de DeLuna.

Apenas Carlos franziu a testa. Ele tinha um fraco por Lívia e não gostava de como Chunk a tratava. Lívia levara muitas surras que ele teria sofrido não fosse pela intervenção dela. Achava que ela era boa demais para DeLuna. Carlos andou até a piscina, estendeu seus longos braços para baixo e, segurando firme os de Lívia, puxou-a para fora em um só movimento.

Lívia foi direto até Chunk. Deu-lhe um tapa no rosto. Ele lhe deu um soco no estômago, tirando-lhe o fôlego e fazendo com que desabasse no *deck* de concreto.

Chiba, o chefe do tráfico do Rio, deu um passo à frente. Ele tinha físico possante, com músculos salientes em sua camiseta de grife. Colocou-se entre DeLuna e Lívia, ao passo que Carlos também interveio para ajudar Lívia a se levantar. Chiba pôs a mão no cotovelo de Chunk e o conduziu até a cabana que abrigava o bar junto à piscina.

Carlos guiou Lívia rumo à casa:

— Lívia, por favor, ele está meio bêbado.

— E eu estou meio pirada. Eu podia matar aquele porco — disse Lívia, lançando um olhar fulminante por sobre o ombro na direção de DeLuna.

Chunk chegou a ouvir a declaração dela e começou a se virar.

— Meu amigo — disse Chiba —, me diga como mantemos nossos inimigos fora do negócio.

17

E stêvão alinhou as três alunas num triângulo. Duas mulheres estavam de frente para a parede com janelas que davam vista para o Rio Capibaribe; a terceira estava de frente para uma parede de tijolos, ao passo que dava longas pinceladas com uma mistura de pigmentos azuis e verdes para captar as plumas da comprida cauda do pássaro. *Lábios Enrugados,* a pintura, estava perto de nascer.

Quando havia concluído a primeira de suas duas "visitas de incentivo" — como ele gostava de chamá-las — da manhã, Estêvão trabalhou por um pouco em sua própria pintura. Era difícil, e ele a ocultou dos alunos. Trabalhava em *O Beijo,* tentando captar uma visão de um beijo; o momento em que lábios, com intensa compaixão humana por detrás, de fato criam um beijo. Os tons de vermelho não estavam certos; ele precisava de novas cores, um novo aspecto, um leve beicinho. Misturou cautelosamente as tintas; então, frustrado, testou-as vez após vez em sua paleta, numa prancha. Depois de um tempo, largou a paleta e os pincéis.

Estêvão se sentou no banco ao lado de seu cavalete e começou a dedilhar em seu violão uma canção que todas as alunas conheciam. *Siboney,* a canção de Cuba, era conhecida e amada no mundo da música do Brasil. Estêvão principiou a cantarolar a letra, acompanhando a si mesmo. Logo Lívia passou a cantar, e as duas outras artistas iniciantes presentes naquela aula se juntaram a ela.

Era assim que Estêvão encerrava toda sessão de pintura em seu ateliê. Escolhia uma canção obscura, mas que todos conheciam de sua vida naquela capital universal da música. Sempre era uma balada ritmada. Sempre deixava os pintores de bom humor, mesmo que seu trabalho não tivesse progredido como esperado durante a sessão.

As outras duas pintoras guardaram as telas, limparam os pincéis e saíram trocando uma centelha de sorriso maroto porque Lívia estava ficando após a aula — de novo.

Estêvão continuou a tocar violão, e Lívia veio por trás dele. Envolveu as costas dele com o braço e apoiou a cabeça no seu ombro.

— Eu fico em paz aqui — disse ela, baixinho.

****

Na outra semana, na aula seguinte de Lívia, ela encontrou Estêvão ocupado num canto do ateliê, ao lado da janela que fazia vista para o Rio Capibaribe, mais de um quilômetro antes do ponto em que este deságua no Oceano Atlântico. Estêvão era mestre no uso da iluminação, e a luz matinal era despejada para dentro pelas quatro grandes janelas voltadas para o leste.

— Estêvão, você está pintando o rio? — perguntou Lívia ao se aproximar, quase espiando a tela.

Ele puxou o cavalete de modo a obstruir a visão dela.

— Não, minha querida. Você ainda não pode olhar — disse, sorrindo.

— Por favor, só uma espiadinha! — E ela se aproximou novamente pelo lado.

— Não, Lívia — disse ele, puxando o cavalete no qual trabalhava para longe das vistas dela. — Não quero que você veja todas as regras que eu estou quebrando.

— Que regras?

— Eu não pinto da maneira que ensino você a pintar — disse, tentando distrair os olhos intrometidos dela.

— Mas eu nunca vi você pintar nada. Por favor? — Ela sorriu.

— Logo. Quando eu terminar, está bem? — pediu ele.

Os outros alunos ainda não haviam chegado, e a impetuosa Lívia se curvou para a frente e beijou Estêvão pela segunda vez. O beijo o pegou de surpresa, mas ele avançou ligeiro, e começaram um

126

longo e terno beijo. Ele estava transbordando de alegria. "De novo, de novo!" pensou.

Envolveram um ao outro com seus braços; seus lábios desesperadamente procurando um ao outro. Ela acariciou suavemente o minguante cabelo dele. O fogo subira rapidamente em Lívia; ela estava em chamas. O que isso queria dizer? Nunca antes ficara estimulada tão rápido. Estava excitada; havia significado sem compreensão do que significava. Estava confusa, delirantemente.

E então acabou. Foram interrompidos pelo som de uma porta sendo aberta no estúdio principal. Chegara um dos outros alunos.

****

Mais tarde, quando Estêvão fez suas visitas para incentivar cada aluno, fez uma pausa atrás de Lívia. "E como é que você pode se sentir assim, Estêvão?" disse a si mesmo. "Como é que essa jovem adorável está despertando sentidos que por tanto tempo permaneceram adormecidos?" Ele podia sentir o cheiro dela a cinco passos de distância; ela usava um perfume distintivo. Ele desejava dar aqueles cinco passos, fazê-la virar e beijar-lhe os lábios. Que os outros alunos fossem para o inferno, riu para si mesmo. "Isto é importante; ela faz eu me sentir importante de novo." Havia uma bravata irrompendo internamente, em seu cérebro. Era o jovem Estêvão; as pessoas o chamavam de "jovem Picasso brasileiro". "Onde ele esteve todo esse tempo? Eu sei onde: ganhando o sustento, colocando comida na mesa, pagando o aluguel, pagando o ônibus, pagando pelo ateliê." O jovem Picasso brasileiro fora subjugado pelo peso do mundo, pelo peso de sua consciência, de suas responsabilidades para com a esposa. E agora isso. O menino que vivia dentro do homem estava ali; saíra.

Estêvão não interrompia seus alunos enquanto pintavam; ele simplesmente vinha por trás deles, ficava alguns minutos observando e, então, sussurrava alguma orientação, algum incentivo.

Ao observá-la pelas costas, notou que ela havia tirado as sandálias. Pintava Lábios Enrugados de pés descalços. Ele queria acariciar a sola dos seus pés, ver o lampejo de seu sorriso contagioso e ouvir a risada grave daquela jovem.

******

Duas semanas depois, o tempo havia encerrado ao fim de outra aula, e os demais alunos foram embora; Lívia ficou. Estêvão continuava trabalhando em sua pintura, absorto, sem perceber que os outros haviam saído. Lívia veio até a área do ateliê onde ele estava trabalhando.

— Posso ver agora? Está quase pronta?

— Lívia, não, ainda não. — Estêvão olhou para ela de trás da tela. Era como se a estivesse espiando, e ela sorriu.

— Você parece um menininho, espiando de trás da sua pintura — disse Lívia, rindo.

— Eu me sinto como um menininho quando estou perto de você — disse ele, colocando o pincel na beira do cavalete e saindo de trás da pintura.

Lívia foi até ele e o abraçou. Ficaram em pé, juntos, se abraçando. Havia um ajuste ali — duas pessoas com um espaço em seus corações encontravam um companheiro capaz de preencher o vazio, o vácuo. Naquele abraço, tudo mudou; o que não fora dito agora era sabido.

18

C hunk estava sentado sozinho na praia. Esse era seu escape. Vestia somente bermudas. Muitos anos haviam se passado desde quando um jovem Juan DeLuna estava sentado, em sua pobreza, naquela mesma praia. Era tudo igual, tantos anos depois.

— A não ser pela pobreza. Eu não sou mais pobre — disse para ninguém.

Sorriu, satisfeito com a maneira em que melhorara a vida o jovem menino.

Aquele dia era uma quarta-feira — o dia de Chunk — nada de negócios, nada de reuniões. Na segunda, terça, quinta e sexta ele trabalhava em seu negócio. Sábado e domingo eram para passar tempo em casa com Lívia.

— Quarta, meu dia — falou, novamente em voz alta.

Uma pessoa que caminhava na praia olhou para Chunk e respondeu com um cumprimento, achando que ele dissera "Bom dia".

Chunk acenou a cabeça e ergueu o braço direito numa saudação.

Nas quartas, Chunk dirigia seu Aston Martin, de pés descalços, de sua casa à beira-mar em Recife até a praia de Boa Viagem. Corria ao longo dessa praia da sua mocidade e passava o resto do dia sentado na areia, falando com estranhos ou comprando churrasquinho ou água de coco das bancas ao longo da praia que ele e seus reis da praia costumavam assaltar.

Nesses dias, ele flertava com as moças, que na maioria ficavam horrorizadas com a vista do homem musculoso, mas feio e baixo. Um pinguim em pele humana. Um oximoro físico. Ocasionalmente, uma menina inocente dos conjuntos habitacionais caía na asneira de dar ouvidos às investidas dele e concordar em dar uma volta de carro, para acabar imobilizada embaixo de Chunk, sob o cais ou num motel perto do Rio Capibaribe, a região afastada do mar que ainda era velha e decadente.

Essa liberdade, essas quartas-feiras, era revigorante para DeLuna. As pressões de seu negócio davam trégua, e as necessidades de Lívia evaporavam. Contudo, DeLuna percebeu que conforme Lívia passava mais tempo em suas aulas de arte e pintando, tendia a importuná-lo menos. Chunk na verdade gostava de muitas das pinturas e achava que Lívia tinha muito talento. Prometeu que, à medida que progredisse, ele a ajudaria a obter o devido reconhecimento para sua arte.

O Sol aquecia a terra em volta dele a trinta e cinco graus nessa quarta-feira, e DeLuna foi várias vezes nadar prolongadamente no oceano a fim de se refrescar.

— Um dia, vou nadar sem parar até Fernando de Noronha — disse ele, ao sair chapinhando da água, com as ondas lhe esbofeteando as costas.

Podia ouvir Lívia falando de Fernando de Noronha, o paraíso tropical de ilhas, mais de quinhentos quilômetros a leste:

— Estêvão disse que o mar de lá é o mais transparente do mundo, e eu posso pintar os peixes enquanto eles nadam perto da praia. — Lívia sempre repetia isso para Chunk e lhe pedia que a levasse até lá para que ela pudesse pintar.

— Estêvão que se dane — disse Chunk, sentando-se novamente na areia. — Ele que fique com a pintura.

Chunk se deitou de costas, com suas fortes mãos atrás da cabeça. Cochilou, ouvindo tocar em sua cabeça o forró nordestino da noite anterior. Ele estava na festa de São João, e o povo de Olinda celebrava. Naquela noite, não houve assassinatos, tráfico de drogas nem magistrados a subornar; apenas Chunk e Lívia com Raphael e a irmã mais nova de Lívia, Luana. Fluíam como lava, todo o povo de

Olinda, descendo as ruas de pedra até o mar. Mais cedo na noite, os restaurantes daquela cidade do início do período colonial transbordavam de clientes. Exatamente às dez horas, o sino da igreja de São Pedro começou a badalar. Três grupos musicais se posicionaram em locais diversos ao longo da rota da "lava". Os olindenses saíram dos restaurantes e passaram a dançar nas ruas à música das bandas: o grupo de samba estava na dianteira da parada, no meio da sinuosa descida; o grupo de salsa tomou sua posição do lado de fora do restaurante onde DeLuna havia jantado. Chunk queria entrar na fila para dançar atrás da banda de salsa, mas Lívia pediu para esperar o grupo de forró, que estava perto do fim da parada. Chunk concordou, visto que gostava de dançar forró; gostava dos acordeões e do ritmo rápido.

Agora dormindo, DeLuna via a rota serpenteante que o povo tomou até a praia. Depois de trinta minutos, a longa fila de pessoas chegou ao mar, ao passo que as três bandas se espalharam na praia e continuaram a tocar. Lívia dançou com Raphael na beira do mar, e Chunk dançou com a irmã de Lívia, a quem estava se tornando bastante afeiçoado.

Em seu sonho, agora, ele ria enquanto dançavam. Pôs a mão na bunda de Luana e a puxou para perto dele. Lívia viu o que ele fez e riu, envolveu Raphael com ambos os braços e o beijou.

Chunk vira aquilo e ficou arrepiado em seu cochilo na areia. Apanhou-se sonhando que estava de volta à ponte, tanto tempo atrás, quando conhecera Raphael com seu olho infeccionado. Ele estava agora segurando Raphael na ponte, arrancando seu olho com uma mão enquanto o estrangulava com a outra. A música do grupo de forró continuava tocando em sua cabeça, e ele acordou, estremecendo, na praia.

"O que foi isso? Dois sonhos ao mesmo tempo?" DeLuna se perguntava como isso era possível. Não se lembrava de algo assim jamais ter acontecido antes. Ele riu de seus sonhos imaginados. Raphael nunca o trairia com Lívia. Chunk o mataria se fizesse isso. Por outro lado, pensou ele, achava encantador o traseiro firme de Luana. Ele acreditava que isso passara despercebido por Lívia e Raphael; mas aquela parte do sonho era real. Perguntou-se se Lívia

131

poderia algum dia traí-lo. Ele era muito bom para com Lívia; ela jamais faria isso.

Chunk se levantou da areia e foi nadar outra vez. Nadou uns oitocentos metros ao longo da praia, saiu da água e se sacudiu para secar. Caminhou até uma banca de cujo dono era amigo e pediu uma cerveja. Eles conversaram sobre amenidades. Chunk saiu com a cerveja sem pagar. Era um preço de ser amigo dele; o que ele quisesse, pequeno ou grande, ele levava.

De volta na areia, no mesmo local em que estava sentado antes, bebeu sua cerveja. Olhou para o oceano. Sua mente reprisava o dia anterior. Ele e Raphael apanharam Luana na loja em que trabalhava, dentro da igreja de São Pedro. A igreja ficava no centro de um grande paço, num platô no alto de Olinda. O paço era cercado de lojas e havia uma praça ao lado da igreja. Haviam chegado cedo, e Raphael estacionou o carro. Ele e Chunk caminharam em meio às índias idosas que se sentavam na beira da praça, costurando, tecendo e vendendo suas delicadas rendas feitas à mão: toalhas de mesa, guardanapos e cortinas.

Chunk comprou para Lívia duas toalhas de mesa intricadamente trabalhadas. Ela desenvolvera um gosto por coisas mimosas e delicadas. Quando entraram na igreja de São Pedro, Chunk viu Luana na loja. Chunk mergulhou os dedos na água benta e fez o sinal da cruz.

Raphael ficou surpreso:

— Chunk, você, se benzendo?

— Não, é por causa de Luana.

— Você já tem a irmã dela — disse Raphael, de brincadeira, a Chunk. — Luana é minha.

Chunk rosnou para Raphael.

Luana os chamou.

— Eu saio em um minuto — disse, e começou a fechar a loja.

— Você vai sair com Luana para fazer companhia para ela com Lívia e eu. Não tenha ideias. Ela não é o seu tipo — disse Chunk.

Raphael ficou abatido. Achava que Luana era uma moça decente e muito bonita. Mas sentiu a frieza de Chunk e percebeu que o chefe tinha estava de olho nela. O que Raphael poderia fazer a respeito?

Quando Luana saiu, os três desceram duas quadras de carro até o restaurante, Morangas, onde se encontraram com Lívia, que viera de carona com um amigo. O proprietário, outro dos "amigos" de longa data de Chunk, o recebeu calorosamente na casa lotada. Levou o grupo de DeLuna por baixo de um arco até uma mesa na sacada, com vista para os avermelhados e esverdeados telhados de terracota de Olinda. Os telhados formavam uma colcha de retalhos até o mar, ao passo que palmeiras contornavam as ruas, suas frondes balançando à brisa noturna do mar.

A especialidade do Morangas era moranga. A festa de São João, um significativo dia santo para o majoritariamente católico país do Brasil, era naquela noite. Quando o proprietário veio tomar os pedidos, Chunk pediu pelos quatro:

— Manga e camarão.

O proprietário sorriu; era o prato clássico do restaurante. Manga e camarões numa moranga oca, cozidos em fogo brando por uma hora.

— A melhor opção em Olinda, Sr. DeLuna — disse a Chunk, agradado pela escolha, mas sabendo que não seria pago pela refeição. Ele não se importava muito; DeLuna não tirava vantagem dele, apenas levava o que queria. Ele esperava que houvesse algo a receber em troca, mas nunca descobrira o quê. E não pretendia pedir nada a DeLuna.

Eles comeram e beberam, e depois beberam mais um pouco. Quando os sinos da igreja começaram a tocar às dez horas, a porta do restaurante se abriu e os clientes, agora foliões, foram derramados nas ruas. Cantaram e dançaram, e as bandas, como flautistas mágicos, os conduziram para baixo até o mar sob a luz da Lua. Enquanto se balançavam na rua, a mão de DeLuna encontrara a bunda firme de Luana.

Na areia, terminando sua garrafa de cerveja, DeLuna sorriu ao pensar em como se divertira na noite anterior, ao pensar em como adoraria levar Luana para baixo do cais.

19

V ários meses haviam se passado, e Lívia progrediu como pintora sob a cada vez mais focada tutela de Estêvão Araújo. Suas sessões semanais vieram a ter duas partes. Uma parte era a aula de pintura junto com outros numa classe. A segunda parte, depois que os outros aprendizes de artista saíam, era a aula individual, seguida de intimidade.

No fim de uma dessas tardes, Lívia repousava nua nos braços de Estêvão, chorando. Fora um grande salto do abraço no ateliê para a cama que Estêvão tinha no quarto dos fundos. Nesse dia, eles tinham feito amor — por horas. À medida que o Sol baixava no céu, Lívia estava cansada e satisfeita. Nenhum homem jamais a tocara com tanto carinho ou a acariciara por tanto tempo. Ela vinha ao encontro dela com beijos longos, apaixonados, penetrantes, que achavam uma parceira ávida, carente.

Dez anos depois de ir morar com Chunk DeLuna, doze após perder sua virgindade, aos vinte e sete anos de idade, Lívia Cavalcanti descobrira o amor. Seu professor, seu bondoso e terno mentor artístico, a levara até um lugar desconhecido de sua alma.

Fora aquele terceiro beijo que a levara para a cama com Estêvão — aquele que seguira o longo abraço atrás da pintura na qual Lívia o achara trabalhando furiosamente, a que retratava um beijo. Um dos beijos de Lívia e Estêvão.

Ao segurarem um ao outro naquele abraço, Estêvão imaginou a pintura; viu os lábios de Lívia, viu a beleza deles. Sentiu em sua mente a maciez deles; sentiu o cheiro de Lívia enquanto visualizava o beijo. Daí, aproximou seus lábios dos dela. Ele estava criando o beijo da pintura. Ele podia sentir. Não era só uma pintura; era real; o que fluía eram os lábios dela e o poder, o sentimento por detrás deles. Agora ele sabia que conseguiria concluir a pintura do beijo e parou de se preocupar com o quadro, parou de se preocupar com o que motivava a necessidade de Lívia.

Passaram muito tempo sem dizer uma palavra. Havia tanto a explorar e descobrir na força dos impulsos de cada corpo. O desgastado ar condicionado do velho prédio industrial acrescentou à intensidade de seu amor. Suor derramava de seus corpos ao jazerem deitados sobre o lençol úmido.

— O que você quer da vida, Estêvão? — perguntou Lívia com bastante sinceridade, depois de algum tempo.

Ao ouvir a pergunta, ele percebeu que Lívia não via nele um homem de sessenta e sete anos, mas outra pessoa. Ele importava — talvez não por muito tempo, talvez não para sempre ao lado ela, mas naquele momento, Estêvão Araújo importava.

— Se Deus fosse realmente bom, ele me faria ter vinte e sete anos de novo para eu poder passar a vida com você. — E deu uma risada. Lívia olhou para ele. Pensou que talvez estivesse rindo dela. — Não, não, Lívia. Não estou tentando ser engraçado às suas custas — disse, puxando-a para perto de si com o braço direito, onde se aninharam a cabeça e ombro dela. — Isso foi um presente tão maravilhoso. Um presente maravilhoso e cruel que Deus me deu. Eu fico triste que isso não vai passar de hoje.

— Estêvão, meu querido, por que não? — disse a jovem mulher. Ela levantou a cabeça, apoiando-a na palma da mão, seu cotovelo dobrado afundado no lençol.

— Olhe para nós. Lívia, você é linda, uma deusa. Eu sou um homem mais velho — não velho, mas mais velho. O suficiente para saber que sonhos não são realidade.

— Nós não somos um sonho. Você acha que eu sou um sonho? — questionou ela.

— Sim, minha querida, meu amor. Você é um sonho. É com você que os homens sonham quando a vida deles é comum, pesada e está no fim. Você é o que os velhos chamam de esperança.

Lívia se sentou na cama, cruzou as pernas em sua nudez. Essa vista, essa posição que ela assumiu estando nua, trouxe um largo sorriso ao rosto de Estêvão.

— O quê? — disse ela. — Homens. Nisso vocês são todos iguais. — E riu. Lívia se inclinou para a frente e virou o rosto dele com as duas mãos, até que o estava encarando a uma distância de dez centímetros. — Eu estou aqui, Estêvão. Olhe para mim. Eu não sou um sonho.

— Estou olhando. — Ele sorriu, e ambos riram vigorosamente.

— Você me tocou, Estêvão. Você me preencheu. Me deu confiança, me ensinou. Me incentivou; os seus sussurros chegaram até a minha alma. Quero que você continue a me ensinar.

— É claro que vou continuar a ensinar você.

— Você não está escutando. Não ensinar pintura. Ensinar a viver. Quero estar na sua vida, e quero que você sempre esteja na minha vida.

— Sim, Lívia, eu sei o que você quer dizer. E acho que agora entendo. Eu tenho esses mesmos sentimentos. Confesso que é um fraco eco de uma época, muito tempo atrás, quando senti algo parecido.

— Pela sua esposa?

— Sim. — Ele fez uma pausa. — Ela tem uma vida imaculada. Uma doce alma que ficou do meu lado nos piores momentos. Piores do que você pode imaginar.

— Sei não, eu tenho imaginação fértil. E já passei por poucas e boas.

— Ah, minha querida. Teve uma época... — O olhar de Estêvão voltou anos no tempo. Ele podia se ver naquela época; seu rosto se iluminou.

— Que época? Quem você era?

— Eu era o tal. O que todo pintor quer ser.

— Tão modesto! — cutucou ela, com uma risada.

— Foi você que perguntou — disse ele, voltando do passado. —
Eu era competente, tinha grande habilidade. Eles diziam, não eu.

— Quem?

— Os críticos. Meus professores. "Ele nasceu para pintar." "O
Picasso brasileiro."

— Eu acredito — disse ela. — Já vi suas pinturas.

— Você só viu algumas. Não as que estão em galerias
particulares, não as que roubaram de mim. Aquelas sanguessugas
tiraram a minha alma. Os desgraçados me tiraram tudo que eu criei.
Minhas obras deviam estar em museus — não estão.

Ela vislumbrou raiva e ressentimento no rosto de seu carinhoso
professor.

— Não estou entendendo. Quem roubou suas obras?

— Meus benfeitores — disse ele, sarcasticamente, com um
rosnado. — Vieram ao meu ateliê, este ateliê. Compraram tudo que
eu criei.

— Isso foi bom, não foi, Estêvão? — perguntou Lívia, confusa
com a aparente contradição.

— Foi bom no sentido de reconhecerem meu trabalho. Mas foi
ruim no sentido de que eu precisava do dinheiro, não tinha um
agente ou empresário e entreguei tudo em troca de nada.

— Nada?

— Nada. Trocados. Já ouviu piadas sobre artistas morrendo de
fome? — perguntou ele.

— Sim — respondeu Lívia docilmente.

— Um artista com família, morrendo de fome. Eu nunca ia
conseguir progredir. Os críticos vinham às nossas mostras, escreviam
resenhas louvando o que tinham visto. Aí apareciam os compradores.
Mas não eram os que eu precisava. Eram intermediários, não
patronos. Sanguessugas que se aproveitam das necessidades do
artista. Compravam, barganhavam por quase nada. Vendiam as
obras para compradores que nunca vimos.

— Acho que não sei o que você quer dizer.

— Lívia, existe pintura recreativa. É para isso que servem as
aulas. Uma pessoa buscando desenvolver um novo talento — você.

Um professor velho, que passou do seu auge, tentando ganhar o pão — eu. Pintura recreativa.

Lívia não se ofendeu. Ela entendeu e riu:

— Pelo menos, eu entendi qual é o meu lugar.

— Não leve a mal.

— Não levei — respondeu ela. — Mas, agora, me diga qual é a outra forma.

— O artista. *L'artiste!* O deus com a paleta de ouro. Eu... — E, depois de uma pausa: — Naquela época.

— Mas essas mesmas pessoas não continuam comprando suas pinturas? — perguntou Lívia.

— Não. Eu me recuso a vender para aqueles desgraçados.

— Por quê?

— As pinturas desaparecem. As pessoas não fazem ideia do que estão comprando. Elas penduram as minhas belezas nas paredes de suas casas e não fazem ideia do valor, do trabalho investido nelas. Não fazem ideia do gênio por trás da obra.

— Nossa! a humildade só cresce — disse Lívia, de modo reconfortante, pois percebia a angústia que colocara rugas na testa e na face dele.

— Uma das coisas mais importantes que um bom artista deve fazer é cultivar patrocinadores. Patrocinadores com bom gosto, bolsos cheios e disposição de continuar com um artista por décadas. Todos os grandes artistas tinham patrocinadores. É o único motivo por que são o que são hoje. Seus patronos deram apoio, divulgação e compraram as obras deles. Mas não é caridade. Se um grande artista e seu patrocinador trabalham bem juntos, as compras do patrocinador aumentam de valor. Aquela pintura que ele comprou por mil dólares trinta anos atrás pode valer cinco ou dez milhões hoje.

— O quê? — exclamou Lívia. — Você está de brincadeira. Você quer dizer alguém como o próprio Picasso, não é?

— Sim, mas centenas de artistas muito capacitados também podiam estar vendo suas obras valorizar do mesmo jeito. — Daí, levantando os olhos para Lívia, em sua nudez, estendeu o braço para alcançá-la e puxou-a de volta para a cama com ele.

Ficaram deitados em silêncio por um tempo. Daí, Lívia perguntou:

— E as suas pinturas? Você ainda pinta para ganhar dinheiro, ou só está dando aulas?

— Eu dou aulas para ganhar dinheiro. Eu pinto por amor; não vendo mais minhas obras.

— O que você faz com suas pinturas? — perguntou ela.

— Eu guardo.

— Onde? — perguntou ela e, pensando, disse: — Eu só vi umas poucas nas paredes.

Estêvão se levantou, nu. Ele era esguio, mas tinha estrutura mais forte do que aparentava quando vestido, e a não ser por uma pequena curvatura para a frente, parecia mais jovem do que era. Ele estendeu o braço para baixo e tomou a mão de Lívia.

— Venha comigo.

O Sol se punha no lado oposto do ateliê enquanto Estêvão guiava Lívia. Andaram, nus, até uma porta num canto escuro do quarto. Ele abriu a porta e ergueu a mão para impedi-la de avançar. Passou pela porta e acendeu as luzes.

— Entre.

Lívia Cavalcanti entrou num quarto espaçoso, do mesmo tamanho que o inteiro ateliê de Estêvão. Fileiras de estruturas de madeira guardavam pinturas, uma apoiada na outra até onde uma divisória de madeira as suportava. Ela entrou. Sua boca estava aberta, e ela a cobriu com a mão para evitar que saísse som. Ela avançou por um corredor, olhando as pinturas uma a uma. Estêvão aguardou no fim do corredor. Lívia voltou por outro corredor. Centenas de quadros a postos nas prateleiras, corredor após corredor.

— Elas não são só suas. Você também guarda as pinturas de outros artistas aqui.

— Só minhas. O Picasso brasileiro. — Ele fez uma mesura, nu, rindo.

— Não, Estêvão, isto é enorme. — Ela disse isso e passou a retirar um quadro, depois outro, examinando cada um.

Ela continuou a fazer isso, caminhando nua entre as fileiras de arte de Estêvão. Estavam segmentadas por forma, gênero. Centenas de formas geométricas de corpos angulares segmentados em tons terrosos. Daí, retratos — grandes retratos régios de pessoas que não tinham um tostão. Retratos de pessoas de rua de Recife, posando envolvidas em veludo: rostos de mulatos pobres; baianos bem negros; orgulhosos narizes castelhanos e napolitanos; longos rostos árabes arrogantes, de barba. Depois, havia as paisagens: a selva, a cidade, até mesmo Brasília, em motivos picassianos. Havia até um modelo inicial do gigantesco mural da selva que estava no ateliê.

Lívia começou a chorar.

— Eu entendi. Meu pobre Estêvão! Fizeram isso com você. Esconderam você do mundo. — Ela o abraçou.

Estêvão deixou pender a cabeça, deitou-a no ombro de Lívia. Ele também começou a chorar. Nenhuma alma jamais pusera o pé em seu depósito. Por trinta anos ele estocara todas as suas pinturas; retirara-se do mundo que roubara dele. Parcamente capaz de prover o sustento para ele e sua esposa sobreviverem, e ainda comprar tintas e telas para seu trabalho, ele perseverou.

20

E stava terminado! Penas longas e luxuriantes. Azul nas asas, verde ao longo das costas. Magníficas plumas vermelhas curtas no peito. Cabeça azul, com amarelo ao redor dos ouvidos. A pintura de Lívia, do papagaio Lábios Enrugados, estava pronta.

Com grande formalidade, Lívia introduziria os dois Lábios Enrugados aos convidados que se haviam reunido no salão de festas de sua casa para a ocasião. Chunk DeLuna não poupara despesas para a estreia artística de Lívia. Garçons de paletó branco levavam bandejas de aperitivos; garçons de paletó vermelho ofereciam champanhe e vinho. Ao redor do salão, havia doze grandes obras de arte de Lívia Cavalcanti. No centro, sob uma cobertura de veludo, estava o seu orgulho, um empenho que levou sete meses completos. Lívia concluíra uma obra após outra nos seus primeiros dezoito meses de pintura, mas fora o retrato de seu papagaio de estimação, Lábios Enrugados, que a consumira. Feita primeiro várias vezes em menor escala, esta grande obra de quase dois metros e meio de altura estava agora pronta para ser vista.

Para Estêvão Araújo, Lívia era a estudante de arte ideal. Não perdia uma aula, sempre chegava na hora, ficava após a aula para continuar o trabalho e trabalhava duro. Ela escutava seu mentor e colocava em prática o que ele ensinava. Mas, acima de tudo, Estêvão via que era talentosa.

E, agora, aqui estavam. Uns cem convidados reunidos. Um misto da sociedade recifense, um misto bem variado. Estêvão, naturalmente, estava lá por insistência de Lívia, apesar das objeções de DeLuna. Chunk odiava Estêvão. Apenas haviam se encontrado duas vezes, mas não foi o encontro pessoal que causou em DeLuna repulsa pelo professor. Era a loucura de DeLuna: qualquer um que tivesse influência sobre Lívia era uma ameaça para ele. O ciúme fervia sob sua pele a todo o momento.

— Ele não pode vir — dissera DeLuna quando ele e Lívia planejavam a festa, selecionando quem seria convidado. — Os senadores vão estar lá. Empresários da cidade. Muitos dos meus bons clientes. Ele é gentinha. Não é o lugar dele.

— Você está chamando Estêvão de gentinha? — berrou Lívia. — Você?

Embora DeLuna tentasse dominar Lívia Cavalcanti, ela se recusava a ser dominada. Ele mandava nas pessoas; gritava com elas. Até mesmo as espancava até a submissão. Ele fazia o mesmo com Lívia. Sempre tentava dominá-la. Mas o firme apego que ela tinha à própria vida não permitia que Chunk a dominasse.

— Vá se ferrar, Chunk! — berrou, depois que ele lhe esbofeteara o rosto. — Ele vai ser convidado; senão eu faço a minha própria festa sem a sua gangue.

— Sua vadia! — disse ele, dando-lhe outro tapa. E foi embora. A lista de convidados estava completa.

É claro que os quatro Reis da Praia originais, o coração do império criminoso de DeLuna, foram convidados. Agora, depois de anos no empreendimento criminoso maior, eles haviam sido colocados em diversas posições na CDL Empreendimentos, com Carlos como diretor executivo da CDL Concreto e Construção.

Todos os convidados na festa eram casais, com exceção de três ou quatro solteiros. Se havia cinquenta homens, havia cinquenta esposas. Os homens, quer fossem senadores, empresários ou traficantes, eram todos criminosos. Envolver-se com DeLuna tornava qualquer um criminoso. Não havia como se envolver com essa subespécie sem acabar enredado. A pessoa esperava algo em troca: uma comissão, um suprimento constante de drogas, um suborno, uma redução de dívida de jogo, uma mulher; era assim que operava a CDL.

Havia um homem honesto presente naquela noite; era Estêvão Araújo. Ele viera desacompanhado. Lívia não estava no salão quando Estêvão caminhava de uma pintura a outra, admirando o trabalho de sua pupila, sua *inamorata,* o amor que trazia vida à sua alma.

Nos vinte e cinco anos em que Estêvão havia dado aulas, houve vários alunos que possuíam dons artísticos. Houve até mesmo outros dois ou três que tinham a motivação para produzir grandes obras. Nenhum possuía ambas as qualidades. Somente Lívia — ela tinha tanto o talento quanto a motivação. As pinturas ao redor do salão eram a prova: grandes paisagens, naturezas-mortas, até um retrato. Mas as pessoas reunidas em breve veriam o alcance de seu talento: uma pintura de quase dois metros e meio de Lábios Enrugados. Lívia havia copiado a pintura com sucesso de uma versão anterior, de um metro. Agora, sua genialidade estava prestes a ser compartilhada com o povo reunido.

Quando Lívia entrou no salão, irromperam aplausos. Ela não esperava por isso e baixou a cabeça. Suas bochechas, rosadas com ruge, ficaram carmins.

Ela andou até a obra-prima encoberta, a pintura de seu amado pássaro. Os convidados se aproximaram como o fole de uma sanfona se fechando. Lívia fez um gesto para Estêvão vir e ficar de pé ao lado dela.

DeLuna fora ignorado. Ele ferveu por dentro, e saiu da multidão para ficar ao lado de Lívia. O que os convidados encaravam era DeLuna, Lívia, a pintura e Estêvão.

— Senhoras e senhores — começou Lívia, dando as costas para DeLuna e olhando para Estêvão Araújo. — Meu instrutor, o Sr. Estêvão Araújo, demonstrou extraordinário interesse em meu desenvolvimento como pintora, e eu serei eternamente grata. Eu agradeço a ele do fundo do meu coração.

A estrutura de DeLuna começou a pulsar. Seu ciúme berrava no íntimo. Sua temperatura subia.

— Estêvão, querido, você poderia me ajudar a inaugurar *Lábios Enrugados?*

— "Estêvão, querido" — as palavras escaparam da mandíbula firmemente cerrada de DeLuna.

Estêvão sorriu, estendeu a mão e deu um leve puxão na cobertura de veludo púrpura, a qual caiu, revelando o gigantesco pássaro colorido. Um holofote estava iluminando a pintura e realçava suas cores. A iluminação revelava as pinceladas. Os convidados explodiram em aplausos. Era uma obra de arte. A escala. Todas as cores deslumbrantes se juntando para formar uma ave como nenhuma outra que já haviam visto. Até mesmo a personalidade retratada no brilho do grande olho do pássaro — uma manchinha de branco posicionada bem no lugar certo no grande e redondo olho negro. Era a legítima semelhança do pássaro real, empoleirado em sua gaiola do lado oposto do salão em relação ao retrato, entre dois conjuntos de portas francesas que levavam ao pátio.

Mais tarde, após o jantar, quando os convidados voltaram a se reunir no salão, Lívia pediu que dois garçons colocassem a gaiola de Lábios Enrugados ao lado da pintura.

Os convidados começaram a socializar perto das duas aves. "Lindo", "impressionante semelhança" e "as cores brilhantes são perfeitamente iguais às dele", eram alguns dos comentários feitos. Chunk DeLuna estava de pé ali perto, com Carlos ao seu lado.

— Chunk, Lívia criou uma obra-prima — disse Carlos, e prosseguiu mais efusivamente e, de seu ponto de vista, dizendo a verdade: — Chunk, é brilhante.

— É uma merda de pintura, uma pintura de um pássaro. — DeLuna fumegava. — Eu não entendo. Por que todo mundo está tão empolgado?

— Qual é, Chunk? Fique feliz por ela. Ela trabalhou duro nisso.

— Carlos, é uma merda de pássaro! — disse DeLuna, um pouco alto demais. Lábios Enrugados virou a cabeça para o lado e espiou DeLuna.

— Vá se ferrar Chunk! — gritou o pássaro. Era uma das frases que Lívia lhe havia ensinado depois que Chunk batia nela.

Os por perto estouraram numa risada histérica quando se voltaram e olharam para DeLuna. Chunk ficou vermelho, deu um sorriso apertado e disse:

— Pássaro idiota. — E deu um passo à frente para interceptar a ave.

146

— Vá se ferrar, Chunk! — gritou Lábios Enrugados de novo, pulando para a lateral da gaiola, agarrando-se com as garras numa das barras externas dela. DeLuna avançou e golpeou a gaiola com a mão. O pássaro deu um pulo para trás.

— Chunk, vamos pegar uma bebida — disse Carlos, conduzindo DeLuna para longe de uma situação embaraçosa que não poderia melhorar.

— Um dia eu mato esse bosta! — resmungou DeLuna quando os convidados, que ainda riam, não podiam mais ouvi-lo.

****

A manhã seguinte era a de um dia glorioso. Lívia saltou da cama, ainda radiante da noite anterior. Inclinou-se sobre a cama na direção de DeLuna:

— Vamos lá, Chunk. Vamos para a praia.

DeLuna ainda estava sonolento por ter ficado acordado até tarde, bebendo com Carlos, Raphael, Pedro e Paulo junto à piscina depois que os convidados e as esposas haviam ido embora.

— Está bem — ele resmungou.

— Eu vou descer para o salão de festas, para olhar as pinturas na luz da manhã; venha comigo.

— Eu te alcanço; pode ir — disse DeLuna, virando-se na cama.

Um minuto depois, DeLuna ouviu um grito tão alto que lhe lembrou de alguém sendo torturado, talvez alguém que ele houvesse mesmo torturado. Ele se levantou e correu para o alto das escadas que davam para o salão. Abaixo dele, no piso de mármore, jazia Lívia Cavalcanti, chorando, soluçando incontrolavelmente. Na parede, acima dela, estava a pintura de Lábios Enrugados. A cabeça do pássaro fora arrancada do corpo. Fora cortada repetidamente. Estava destruída.

Ela sentiu que DeLuna estava acima, no mezanino do segundo andar.

— Você fez isso. Seu maldito imbecil! Você destruiu minha pintura — gritou Lívia em meio ao choro.

DeLuna desceu as escadas correndo e lançou ao lado de Lívia no chão.

— Não, não, Lívia — suplicou. — Eu nunca ia fazer uma coisa dessas.

— Você fez. — Ela tentou lhe desferir um soco ainda caída no chão, mas errou.

— Não, Lívia — ele repetiu. — Não fui eu. Mas eu vou descobrir quem fez. E vou matar ele — disse enfaticamente.

Lívia olhou para ele. Tinha certeza de que havia ouvido convicção. A raiva que emanava de DeLuna era real. Ela começou a acreditar. "Talvez não tenha sido ele."

Naquela mesma tarde, quando Lívia desceu as escadas após um cochilo em seu quarto escurecido, chorou novamente por sua obra. A pintura em que investira tanto amor.

Um pouco depois, DeLuna entrou com uma corda ao redor do pescoço de um homem. Chunk tinha dois membros da gangue ao seu lado. DeLuna puxou forte a corda, arrastando o homem perante Lívia como se ele fosse um animal.

— O que você fez? — disse DeLuna, invadindo o espaço pessoal do homem, parando a centímetros de seu rosto. O homem tremia, chorava. Tinha um pouco mais de vinte e cinco anos. — Diga à senhora o que você fez! — disse DeLuna, dando um puxão no laço ao redor do pescoço do homem.

— Eu fui garçom na festa ontem de noite.

— Continue — incentivou DeLuna.

— E quando acabou, quando a gente estava fazendo a limpeza, eu vi o quadro. O senhor estava do lado de fora, perto da piscina, bebendo com uns homens. — Ele pausou naquele ponto; DeLuna apontou com a cabeça na direção de Lívia, indicando que ele devia continuar. — Eu fiquei olhando a pintura do pássaro a noite toda. Estava me incomodando. — Ele chorou mais alto.

— Continue, desgraçado.

— Então eu matei ele. Cortei, rasguei o quadro. — A confissão era uma súplica de garganta apertada. — Eu não gostei do quadro — disse, olhando para Lívia e depois para DeLuna.

DeLuna puxou uma arma de debaixo da camisa. O garçom que confessara ter retalhado a pintura recuou, alarmado de ver a arma. DeLuna puxou a corda, dando um safanão no pescoço do homem, puxando-o para perto. Daí, atirou nele. O homem caiu ao chão, morto, diante de Lívia.

Lívia cambaleou para trás com horror do que via. Agora ela sabia que fora DeLuna quem retalhara sua pintura do pássaro.

PARTE

4

21

Notícias Brasil — todos os meios de comunicação

Sílvia Abranches

12 de fevereiro de 2015

Manaus

O comitê organizador das Olimpíadas de 2016 disse na última quinta-feira que a Arena da Amazônia, em Manaus, sediará partidas dos Jogos do Rio, sujeito à aprovação da FIFA, a entidade responsável pelo futebol mundial.

"Nada mais emblemático do que a Amazônia", disse o presidente do comitê organizador. Ele disse que os Jogos Olímpicos devem incluir o Brasil inteiro, não apenas a cidade-sede, Rio de Janeiro.

Em janeiro, a FIFA havia expressado preocupação quanto a se os quatro estádios indicados para o futebol olímpico suportariam o intenso uso nas Olimpíadas. O Brasil propôs usar mais dois estádios para os jogos, incluindo o de Manaus.

A FIFA irá deliberar sobre a recomendação. Havia preocupação, no entanto, com base nas partidas da Copa do Mundo do ano passado realizadas Manaus, de que a distância em relação aos outros locais é excessiva. Quase três mil quilômetros separam Manaus e Rio. Sua *localização no coração da floresta pluvial amazônica também resultou em reclamações das seleções europeias por causa da alta umidade.*

Contudo, se o estádio de trezentos milhões de dólares se tornar um elefante branco, haverá mais do que apenas umidade alta. Afinal, houve considerável controvérsia e protestos nas ruas quanto à necessidade desse estádio numa cidade com um time da série D que recebe uma média de trezentos e cinquenta pagantes em cada jogo.

****

Notícias Brasil — todos os meios de comunicação

Sílvia Abranches

13 de fevereiro de 2015

Manaus

A FIFA, entidade responsável pelo futebol mundial, declarou que 'não considera Manaus uma primeira opção adequada' para sediar o futebol olímpico.

A rápida reação negativa da FIFA a Manaus parece ter surpreendido o Comitê Olímpico Brasileiro. O país está tentando "integrar o Brasil inteiro" nos Jogos Olímpicos e ontem mesmo havia indicado Manaus como uma das seis cidades que sediarão o futebol.

Quando o Comitê Olímpico da FIFA se reunir no mês que vem, a proposta do Brasil será considerada. A FIFA declarou preferir que os jogos sejam realizados mais perto do Rio, a cidade-sede.

Dizer que a objeção da FIFA é um entrave aos planos do país é um eufemismo. Fontes dizem que a Presidente do Brasil está furiosa com a tentativa da FIFA de impor sua vontade ao país.

8 de março de 2015

—— S r. DeLuna — começou Bruno Ferreira, o vice-presidente do Comitê Olímpico Brasileiro, de trás da sua grande mesa de mogno —, precisamos da sua ajuda.

Chunk DeLuna estava sentado na luxuosa cadeira de couro do lado contrário da mesa. Seus pés não tocavam o chão, e isso o aborrecia, pois qualquer coisa que atraísse atenção para sua baixa estatura o aborrecia. Ainda assim, naquela manhã, o vice-presidente do Comitê Olímpico Brasileiro o chamara. O comitê estava contente com o trabalho que a firma de DeLuna, a CDL Empreendimentos, fizera na Arena da Amazônia em Manaus. Construída no meio da selva amazônica, o trabalho fora árduo, com obstáculos quase intransponíveis ao transporte de todos os materiais para o local. O gerente de projetos local de Manaus e o gerente geral dos projetos olímpicos deram efusivos elogios à CDL. De todos os estádios, construídos por cinco outras empresas semelhantes à CDL, apenas o de DeLuna estivera constantemente dentro do prazo de cada etapa e fora o único concluído antes do prazo final. O local fora usado com sucesso em partidas de futebol da Copa do Mundo de 2014 e recebera amplo louvor, a não ser pelo calor e umidade inacreditáveis da selva, que estavam além do controle da CDL.

De fato, o local sobrevivera até mesmo o que agora era chamado de pequeno terremoto, um tremor imperceptível que ocorrera dois meses antes da Copa e resultara em nada mais que uma rachadura de sessenta centímetros no alto da parede sudeste.

Nas semanas após o tremor, geólogos e engenheiros reafirmaram a segurança do estádio e atribuíram o fenômeno à acomodação da terra após a construção de uma enorme arena de cinquenta e dois mil lugares.

— Sim, Sr. Ferreira, qualquer coisa que eu puder fazer para ajudar, qualquer coisa mesmo — respondeu DeLuna. Ele estava sendo bastante sincero nisso, visto que conquistar o contrato para construir aquele estádio em particular havia elevado DeLuna. De pequeno delinquente e chefe de gangue a fabricante de concreto e, daí, a dono de uma das principais empresas de construção.

155

— Existe um problema com Manaus — disse Bruno Ferreira. DeLuna se endireitou na cadeira; imediatamente o pequeno terremoto que ocorrera lhe veio à mente. Ferreira continuou: — A FIFA não quer realizar nenhum jogo de futebol das Olimpíadas em Manaus.

DeLuna estava aturdido. Olhou para Carlos, que estava silenciosamente sentado ao seu lado. Carlos encolheu os ombros, com um ponto de interrogação no rosto.

— Eu não entendo — disse DeLuna. — Não é para isso que foi construído?

— Sim, Sr. DeLuna. Está correto — a Copa e as Olimpíadas.

— E aí?

— Eles não gostam da distância entre Manaus e o Rio, onde vai acontecer a maioria dos jogos. Disseram que houve muita reclamação por causa do calor no Amazonas durante a Copa. Os europeus reclamaram da umidade da selva.

— O que eles querem? — interveio um prático DeLuna. Sabia que todo mundo quer algo.

— E nisso que eu espero que o senhor possa nos ajudar — disse Ferreira, agora mudando de posição desconfortavelmente atrás da escrivaninha. — O Sr. Hugo Ribeiro, nosso gerente de projetos olímpicos, falou muito bem do senhor repetidas vezes. Não apenas da capacidade da sua empresa, mas da sua habilidade pessoal de fazer as coisas acontecerem.

DeLuna podia perceber o desconforto de Ferreira. Ele fora à universidade, lidara com a realeza política brasileira a vida toda. Ferreira for a pessoalmente selecionado pela Presidente do Brasil para ser o vice-presidente da diretoria do Comitê Olímpico. Até agora, ele não precisara de um homem com as capacidades de DeLuna. Chunk entendia o que Ferreira estava dizendo.

— O Sr. Ribeiro é um bom homem. O senhor está bem servido com ele, e eu agradeço a confiança dele. — DeLuna sorriu.

Era Ribeiro quem devia seu emprego como gerente de projetos olímpicos a DeLuna. Fora Ribeiro quem conseguiu colocar a CDL Empreendimentos no processo final de licitações para Manaus. Fora um débito pago a DeLuna. Cobrira suas dívidas com apostas, prostituição e drogas. Ele era um dos clientes de seu serviço completo cujo uso dos serviços da CDL DeLuna monitorava pessoalmente. Mas foi Carlos quem percebeu que era importante Ribeiro ir para a reabilitação, para que tivesse sucesso em sua função de gerente de projetos. Essa era uma preocupação vital da CDL, visto que o potencial valor do contrato estava acima de duzentos milhões de dólares e crescendo. Quando o processo de licitação original se iniciou, Carlos ensinou a Chunk o valor de ter um infiltrado nas licitações para a Copa e as Olimpíadas. Em seu banco de dados de profissionais altamente qualificados que usavam os serviços da CDL, Carlos encontrou Ribeiro; e os três, Carlos, Chunk e Ribeiro, juntos esboçaram um plano para reabilitar o competente e profissional engenheiro que ele era — e voltaria a ser. Homens como Ribeiro continuariam nos livros de DeLuna, a fim de introduzir a CDL mais e mais na economia de negócios legítimos do Brasil.

— Quem é que tem poder de tomar a decisão de trazer o futebol das Olimpíadas para Manaus? — perguntou Carlos, finalmente falando de sua posição contemplativa.

DeLuna percebeu que as engrenagens de Carlos já estavam girando. Olhou novamente para Ferreira.

— Duas pessoas, na verdade. O presidente da FIFA e o braço direito dele para as Olimpíadas aqui. Recentemente, vimos o presidente da FIFA seguir várias recomendações de Flávio Melo.

— E quando a decisão final vai ser tomada? — perguntou DeLuna.

— Nas próximas duas semanas. Não temos tempo a perder. A Presidente estava num impasse até agora. Disseram que ela seria notificada no tempo devido. Ela está furiosa e ofendida. O futebol é nosso esporte nacional. É para isso que vivemos. Nós temos que ser capazes de determinar os estádios e apresentar nosso país ao mundo.

DeLuna se levantou.

— Lamento pelos problemas que vocês estão tendo nesse assunto; nós temos interesses em comum. Eu e o meu associado vamos começar a cuidar disso imediatamente. Eu lhe garanto que vamos fazer todo o possível. Nós vamos ter jogos de futebol das Olimpíadas em Manaus.

Quando Carlos se levantava, os homens apertaram as mãos.

— Obrigado, Sr. DeLuna — concluiu Ferreira.

22

Dois dias depois, todo o possível estava sendo feito. Um vídeo veio anexo num e-mail para Flávio Melo, assessor do presidente da FIFA. Meia hora depois, uma ligação foi transferida para seu escritório. Do outro lado da linha estava Angel Pagan, o agente de DeLuna nos segmentos nefários do império CDL.

— O senhor recebeu meu e-mail e viu o anexo? — perguntou a voz fria de Pagan.

— Sim. Por favor —Melo levantou a voz, implorando —, por favor não machuque ele.

— Isso depende do senhor — disse o sequestrador. Melo reconheceu um sotaque hispânico na voz do homem que lhe falava.

— Ele é um filho maravilhoso. O meu filho mais velho. Ele... — Melo começou a chorar. — Ele está bem?

— Ele está ótimo. E ele vai continuar bem, contanto que Manaus seja um dos estádios usados nas Olimpíadas.

— Então é isso? É por isso que vocês sequestraram e torturaram o meu menino? — A agonia era evidente em cada palavra de Melo.

— A gente não torturou ele — ainda.

— Ele está enterrado até o pescoço com pedras caindo na cabeça dele. Eu vi sangue na testa dele.

— Eram só pedrinhas pequenas. Seu filho sangra fácil — disse Pagan, quase brincando com o pai pesaroso. — Você está pronto para entrar no jogo? — Pagan riu, uma risada doentia, sombria. — Se é que o senhor me entende.

— Eu não posso fazer isso. Não posso confirmar Manaus.

— Sim, você pode e, sim, você vai, dentro de duas horas. Você está no Rio para tomar a decisão sobre o estádio. Tome a decisão certa. — Angel Pagan encerrou a ligação.

Flávio Melo apoiou a cabeça nas mãos e continuou a chorar. Assistiu novamente ao clipe de trinta segundos. O cenário era na selva. Havia uma pequena clareira, onde um buraco fora cavado e preenchido com o corpo — obviamente ainda vivo — do filho de Melo, um rapaz com cerca de dezessete anos. Apenas a cabeça dele estava visível acima da terra. Flávio pensou em como costumava enterrar seu filho na areia das praias do Rio. Aquele lugar não era uma praia. De algum lugar fora do ângulo da câmera, alguém derrubava ou jogava pedras na cabeça de seu filho. Provavelmente aquele maníaco desgraçado no telefone. Melo viu os olhos de seu filho — apavorados como jamais vira. Os olhos suplicavam para que as pedras parassem, para que o pesadelo acabasse.

Melo pegou o telefone e ligou para o presidente da FIFA.

****

Duas horas mais tarde, o telefone de Flávio tocou. Ele gelou. Tremia ao pressionar o botão para atender.

— Sim?

— Ainda não ouvi nenhuma notícia dizendo que Manaus será um dos estádios das Olimpíadas — disse Angel Pagan. — Seu tempo acabou. Você tem uma resposta?

— Eu não posso fazer isso sozinho. É o presidente da FIFA; a decisão é dele.

— Você explicou sua situação para ele?

— Não. Eu disse a ele que temos que incluir Manaus. Eu disse que o Brasil estava contando com isso — disse Melo.

— E ele disse...?

— Ele disse "Não". Ou melhor, ele disse: "Não, a menos que..."

— A menos que o quê? — exigiu Angel. — A resposta dele só pode ser Sim. Você não entende o que está em jogo aqui?

— Eu entendo, eu entendo! — gritou Melo.

— Então, o quê? — gritou Pagan de volta.

160

— Ele quer um pagamento.

— Seus merdas! O seu filho está à beira da morte, e você e o seu chefe querem ganhar um suborno — vociferou Pagan. — Quer saber, aqui está o meu pagamento: eu deixo o seu filho viver.

— Ele quer cem mil dólares — disse Melo com voz trêmula.

— Você não disse a ele que eu estou com o seu filho. Você é um idiota. Se colocou numa situação que nunca mais vai ver seu filho. Por que fez isso?

— Ele é um homem difícil. Só se curva ao dinheiro. Não acho que ele ia se afetar de saber que o meu filho está ameaçado.

— Eu sou um homem mais difícil, Melo. Pior para o seu filho — disse Pagan, e desligou.

— Não. Não desligue! — Melo se apercebeu de que Pagan não estava mais do outro lado da linha. — Meu Deus! O que foi que eu fiz?

Flávio se levantou da mesa em seu quarto no Hotel Intercontinental na praia de Copacabana. O conselho de administração da FIFA estava realizando sua reunião de inverno no Rio de Janeiro para tomar as decisões finais quanto aos estádios de futebol para as Olimpíadas de 2016.

O comitê organizador das Olimpíadas providenciara tudo para o comitê de cinco membros da FIFA e suas famílias, na esperança de que a hospitalidade os ajudasse a enxergar a sabedoria por trás do desejo do Brasil de expor o país inteiro. Mas até aquele momento, isso fora em vão.

Melo saiu de seu quarto e foi até a praia onde a cúpula da FIFA havia tomado Sol nos últimos dias.

— Preciso falar com o senhor — disse, aproximando-se do chefe.

— Coloque seu calção e venha se juntar a nós — disse o rotundo homem mais velho ao assessor.

Havia umas vinte pessoas no grupo: membros da FIFA, esposas e algumas crianças.

— É de máxima urgência — suplicou Melo.

O presidente da FIFA, Sr. Vicenzo Conti, assentiu ao ver a angústia no rosto de Melo.

— Tudo bem. Por favor, nos deem licença — disse ele aos demais.

Os dois falavam à medida que caminhavam na areia, uma dupla de aparência esquisita — um homem de meia idade com uma grande barriga caída por cima de uma minúscula sunga e um homem magro e alto vestindo terno.

— O homem que raptou o meu filho — dizia Melo — não é daqui; ele tem sotaque espanhol. Não é uma pegadinha local. Eles vão matar o meu filho.

De repente, o homem de meia idade parou e pôs a mão no ombro do homem de terno.

— Eu sinto muito, Flávio. Por que você não me disse?

— Eu achei que podia resolver. Achei que a minha recomendação seria o suficiente — disse ele em meio às lágrimas.

— Bem, não quando há dinheiro a ganhar. — Ele fez uma pausa. — Perdoe a minha atitude casual. Olhe, nós podemos incluir Manaus. Ligue para eles e diga que sim. Faça eles libertarem seu menino agora. Eu vou comunicar a minha decisão aos outros e emitir um anúncio na primeira hora da manhã.

— Acho que é tarde demais.

— O quê? Por quê?

— Antes de desligar na minha cara, a última coisa que ele disse foi: "É tarde demais para o seu filho."

— Merda! — praguejou Conti. — Então temos que fazer isso agora mesmo. Eu vou emitir um anúncio imediatamente.

Os dois caminharam apressadamente de volta até o grupo.

— Querida, eu tenho que voltar para o hotel — disse Conti. — Assunto urgente.

— Está bem, Vicenzo. Se você encontrar Sophia, mande ela voltar para cá. Não quero que ela fique perambulando longe demais nesta praia.

Com um roupão e com Melo ao seu lado, Conti entrou no elevador que os carregou rapidamente até a suíte na cobertura.

O iPhone de Melo soou a notificação de que um e-mail fora recebido. Ele foi tomado de medo. Estava aterrorizado de que a mensagem diria que seu filho estava morto. Ele se atrapalhou para tirar o aparelho do bolso; tocou na tela.

— O que é? — perguntou Conti.

— Isso não é bom — disse Melo.

Ele mostrou o e-mail para Vicenzo. Dizia: "Mostre o vídeo anexo para o gordão." Melo tocou na tela para reproduzir o arquivo anexo.

— Papai! — gritou Sophia Conti do telefone de Melo. Ela estava de biquíni, e um homem de máscara tinha colocado o braço ao redor do pescoço dela. Na mão direita, ele segurava uma faca.

— Manaus vai sediar o futebol olímpico. Uma hora — disse a voz com sotaque hispânico.

— Jesus! O que é isso? — disse Conti.

— É ele — disse Melo, reconhecendo a mesma voz e sotaque. — Não temos tempo. Por favor, vamos divulgar o anúncio sobre Manaus. É só isso que vai satisfazer esses desgraçados.

Os dois homens trabalharam por dez minutos. Flávio pegou o texto concluído e ligou o *laptop* Lenovo de Vicenzo Conti. A mensagem estava nos meios de comunicação meia hora após terem saído da praia.

Naquela noite, os filhos de ambos foram devolvidos ao Hotel Intercontinental com vinte minutos de intervalo. Apressadamente, o comitê administrativo da FIFA deixou o Rio no voo das onze para São Paulo. Eles simplesmente tinham que ir para um lugar seguro.

****

Notícias Brasil — todos os meios de comunicação

Sílvia Abranches

11 de março de 2015

Manaus

A FIFA retirou sua objeção a que Manaus sedie eventos de futebol nas Olimpíadas do ano que vem. A entidade que dirige o futebol concordou com a escolha do Brasil, de fazer da cidade na selva amazônica uma das sedes do futebol olímpico.

Seis cidades que o Brasil selecionou e indicou para aprovação pela FIFA sediarão jogos de futebol masculino e feminino: Manaus, Rio, Belo Horizonte, São Paulo, Salvador e Brasília. Essas mesmas cidades sediaram jogos da Copa do Mundo em 2014. Anteriormente, houvera objeções a Manaus devido à sua distância da cidade-sede, Rio de Janeiro, e, não surpreendentemente, devido à umidade da selva.

A Arena da Amazônia, que tem capacidade para cinquenta e duas mil pessoas e custou quase trezentos milhões de dólares para ser construída — dez vezes o orçamento original —, tem atraído queixas de desperdício e corrupção, visto que muito consideram que será pouco usada no futuro. O time de futebol manauense da quarta divisão conta com uma media de trezentos e cinquenta pagantes em seus jogos.

O Brasil estava determinado a incluir Manaus e a Amazônia nos Jogos Olímpicos e, de algum modo, encontrou o poder para pressionar a cada vez mais arrogante FIFA a aceitar o seu ponto de vista.

Ainda no ano passado, a FIFA "persuadiu" o Congresso Nacional a alterar uma lei que exigia que instalações esportivas fornecessem meia-entrada para estudantes e idosos. As crianças e os da terceira idade agora pagam ingresso inteiro. Agora, essa queda de braço parece ter virado, pois o Brasil de alguma maneira encontrou a força para incluir a arena de Manaus como um dos estádios olímpicos.

23

Notícias Brasil — todos os meios de comunicação

Sílvia Abranches

20 de novembro de 2015

Manaus

Fortes Chuvas de Primavera Suspeitas de Ajudar a Disseminar o Zika Vírus

Surtos esporádicos do Zika vírus estão surgindo em três áreas do Brasil: Recife, Brasília e Manaus. Acredita-se que o vírus, que pode causar microcefalia, resultando em recém-nascidos com cabeças de tamanho significativamente reduzido e capacidade mental diminuída, tenha vindo da Polinésia para o Brasil com participantes da Copa do Mundo em junho do ano passado.

Espera-se que a precipitação significativamente mais elevada deste ano, particularmente em Manaus, acelere a disseminação do vírus, que é transmitido pelo mosquito Aedes aegypti.

As autoridades governamentais não expressaram preocupação de que isso afete as Olimpíadas do ano que vem. "Ele pode ser facilmente contido por aspersão de inseticidas. Os indivíduos que moram em regiões infestadas pelo mosquito devem usar bastante repelente à base de DEET", disse Dênis Santos, Secretário de Saúde do Amazonas.

Também nas notícias:

Uma história estranhamente brasileira: um enorme pirarucu, um gigantesco peixe de água doce, de três metros de comprimento e pesando duzentos quilos, foi encontrado a cento e cinquenta quilômetros da costa no Atlântico. Os cientistas suspeitam que um rio subterrâneo possa tê-lo despejado lá.

Sério? Um rio subterrâneo desaguando a cento e cinquenta quilômetros da costa? Só no Brasil.

O Rio Hamza foi descoberto em 2011 por geólogos que procuravam petróleo no interior do Brasil. O que torna esse rio único é que ele é gêmeo do Amazonas e corre três quilômetros abaixo deste e quase pela mesma distância. Ele flui das encostas dos Andes e deságua no Atlântico, no nordeste do Brasil.

Em Manaus, a cidade na selva amazônica onde confluem os rios Negro e Solimões, o subterrâneo Rio Hamza tem quase quatrocentos quilômetros de largura, um oceano debaixo do solo. As chuvas de primavera causaram uma cheia do Hamza, e apesar de o curso principal do rio fluir para o leste, rumo ao Atlântico, e desaguar muitos quilômetros oceano adentro, um braço do rio sobe gradualmente por quilômetros. Uma imensa caverna se formara ao longo de milhões de anos acima desse braço do Hamza. Com as chuvas causando cheia no afluente, a água não tinha aonde ir senão para cima, erodindo a pedra calcária que suporta o domo acima. Essa inesperada ramificação subterrânea do Hamza a seguir corre velozmente para o sul, mergulhando de um penhasco de cinco quilômetros de profundidade numa espetacular cachoeira invisível. Ao longo de três mil quilômetros, o braço do rio corre para baixo, escavando seu curso em direção ao manto da Terra, antes de desaguar no fundo do Atlântico a cento e cinquenta quilômetros da costa.

****

O peixe veio à tona; seu longo corpo cinzento e escamoso tinha a metade do comprimento do barco de pesca que se aproximava.

— Que diabo é aquilo? — anunciou o jovem auxiliar de convés.

Santiago apertou os olhos, dois pequenos olhos que, de seu rosto revestido de pele semelhante a couro, tentavam enxergar ao Sol da tarde.

— Não pode ser um tubarão; não tem barbatana — disse ele ao passo que o barco se emparelhava com o peixe. — Seja lá o que for, está morto. Pegue o gancho.

Ambos os homens se empenharam por meia hora em tentar içar o animal para dentro do barco.

— Não vai funcionar. Vamos ter que amarrar ele na lateral e levantar com uma rede — disse Santiago.

— Vamos fazer uma fortuna com esse peixe! — exclamou o auxiliar de convés.

— Não é para vender. Está morto. Você não está sentindo o cheiro?

— É claro que eu estou sentindo. Todo peixe fede — respondeu o auxiliar.

— Este tem um fedor diferente — disse Santiago à sua tripulação, que era o auxiliar de convés. — Eu já vi um desses antes. Mas não no mar.

— Eu não. Isso é estranho.

— Sim. É um peixe de rio a cento e cinquenta quilômetros de qualquer rio.

— Como o senhor sabe?

— Porque estamos a cento e cinquenta quilômetros da costa.

— Eu sei disso — disse o auxiliar, frustrado porque o chefe não entendeu que ele sabia que estava cento e cinquenta quilômetros Oceano Atlântico adentro. — Eu quero dizer como o senhor sabe que é um peixe de rio.

— Porque é onde moram os pirarucus, no Amazonas — disse Santiago, inclinando-se sobre a lateral do barco, olhando para o peixe que haviam amarrado à popa com uma rede e cordas. — Venha aqui. Me diga o que você vê — disse Santiago apontando para a cabeça do peixe.

— Os olhos?

— Sim.

— São brancos. Ele é cego?

— Era. Ele era cego — corrigiu Santiago, como fazia o dia inteiro, rebaixando semanticamente o auxiliar de convés.

— Não é de admirar que ele veio parar cento e cinquenta quilômetros mar adentro.

Santiago riu:

— Essa é boa. Ele se perdeu!

O homem mais jovem riu junto com Santiago, satisfeito por ter sido capaz de ter um pensamento original, já que Santiago pegava sempre no seu pé por uma coisa ou outra.

— Mas não tem como ele ter nadado até aqui, não é?

— É verdade. E o lugar onde ele vivia era escuro, sem luz; por isso os olhos dele são brancos. — Santiago coçou a cabeça. — Isso é confuso.

— Por quê?

— Porque eu acho que ele respira ar; ele vem à tona constantemente tomar ar.

— Respirava — disse o auxiliar, com um sorriso.

Santiago lhe deu um tapa nas costas.

— Você me pegou!

Os dois homens riram.

****

O peixe estava morto havia vários dias quando Santiago o encontrou; o cheiro dizia isso. Quando Santiago içou o peixe na casa de pesagem, chegando de volta ao cais em Recife, este media três metros e trinta e cinco centímetros e pesava duzentos e vinte e cinco quilos. Pequenas multidões vieram ao longo do dia e muitos tiraram fotos com o peixe e Santiago. Uma foto apareceu no principal jornal de Recife no dia seguinte, acompanhando a história do peixe. Alguns dias depois, a foto apareceu, com a história de Santiago, em outros jornais por todo o país.

****

168

— Você viu a matéria sobre o peixe? — perguntou Ellen Lucena, a cientista-chefe no Instituto Amazônia, um laboratório de ideias para a sustentabilidade da floresta tropical, localizado em Brasília, ao seu colega.

— Estou vendo agora — disse Rodrigo Costa, um engenheiro ambiental.

— O que faz um pirarucu no meio do oceano? — disse a cientista, inclinando-se por cima do ombro dele. — E bem preservado — acrescentou, olhando para a foto do sorridente pescador Santiago de pé ao lado do gigante. — Teve aquela matéria uns anos atrás sobre o rio subterrâneo, o Hamza, que supostamente deságua no oceano, mais adiante que o Amazonas — disse ela, quase em tom de pergunta.

— Nós fizemos alguma pesquisa inicialmente, mas estamos esperando que os geólogos façam mais trabalho — respondeu Rodrigo. — De qualquer jeito, seria forçado. Esse peixe tem respiração aeróbica; não pode viver num lugar tão profundo.

— Mas você viu a parte sobre os olhos. Eram brancos; ou seja, ele vivia no escuro.

— Você é engraçada quando é séria. — Ele riu. — Os fatos como conhecemos são incoerentes demais para fazer sentido — um rio três quilômetros abaixo do solo, um peixe de olhos brancos, que respira ar, aparece a cento e cinquenta quilômetros da costa.

— De qualquer jeito — disse Lucena —, vamos ligar para o geólogo que descobriu o rio. O nome dele é Hamza. Veja se eles produziram mais alguma coisa sobre esse rio. Sem pressa, mas vamos investigar mais a fundo.

****

Notícias Brasil — todos os meios de comunicação

Sílvia Abranches

2 de fevereiro de 2016

Manaus

Como se os desafios de se preparar para as Olimpíadas em agosto já não fossem intimidadores para o Brasil, agora aparece o Zika vírus, e é sério.

Hoje, a Organização Mundial da Saúde declarou que o surto de Zika vírus é uma emergência global. No Brasil, o país mais atingido pelo surto, o medo se espalha entre as mulheres grávidas depois que autoridades governamentais ligaram o vírus a milhares de casos de microcefalia, que resulta em bebês com cabeça anormalmente pequena e cérebro subdesenvolvido.

O Ministro da Saúde, Marcelo Castro, um psiquiatra do Rio de Janeiro, disse: "Oitenta por cento das pessoas infectadas com Zika não desenvolvem sintomas significativos. Por isso, a situação é mais séria do que podemos imaginar." Castro acrescentou que o vírus não pode ser transmitido de uma pessoa para outra, apenas pelo mosquito.

****

Três meses haviam se passado desde quando Ellen Lucena pedira a Rodrigo Costa que investigasse a respeito do subterrâneo Rio Hamza, apropriadamente batizado com o nome de seu descobridor. Rodrigo estava de pé no vão da porta do escritório de Ellen.

— Descobri umas coisas interessantes sobre aquele peixão que foi encontrado cento e cinquenta quilômetros mar adentro — começou ele.

— Qual é a novidade?

— Eu não tinha notado que a matéria dizia que o peixe era cego.

— Os olhos dele eram brancos. Achei que você sabia — disse Ellen.

— Além disso, eles acham que o peixe vivia no rio subterrâneo, nunca viu a luz do Sol e se transformou alguns milhares de anos atrás num primo sem visão do pirarucu.

— Mas ele precisaria de ar.

— Os geólogos disseram que deve ter muito ar circulando na caverna que o rio escavou — disse Rodrigo. — Mas eles ficaram tão surpresos como a gente de saber que o peixe estava tão longe mar adentro quando foi encontrado.

— E...? — disse ela.

— E como ele estava tão bem preservado, eles acham que deve ter acontecido alguma coisa como uma grande descarga de vaso sanitário, sugando tudo para baixo e para fora.

— Viu só? — Ellen riu. — Isso é o que acontece quando você procura caras que têm pedras na cabeça.

— Eu sei, é engraçado mesmo. Mas eles acrescentaram mais umas coisas que fazem sentido.

— Tipo o quê?

— Bom, ano passado teve seca e este ano chuva — um monte de chuva rio acima, na selva, vindo dos Andes. Eles estiveram fazendo trabalhos complementares sobre o fluxo do rio subterrâneo perto de Manaus. Tentando definir como o Hamza flui por baixo do Amazonas e quanto o curso dele corresponde ao do Amazonas, sabe? Eles disseram que notaram que o fluxo subterrâneo do rio está muito mais forte este ano, nada comparado ao Amazonas, mas ainda assim quatro vezes mais rápido do que o fluxo dos últimos três anos.

— Como eles explicam o aumento do fluxo. Mais água?

— Não, mesmo com as chuvas, isso não poderia ter acelerado o rio. Alguma coisa está puxando a água para baixo. Uma coisa mais profunda que o Rio Hamza.

— Isso não é possível. Precisaria existir uma enorme queda, como um caudal ou uma cachoeira sobre um dos Alpes.

— Um dos pesquisadores que trabalha com Hamza, o sujeito que descobriu o rio, acha que sim. Ele disse que é totalmente possível que exista uma grande cachoeira uns três quilômetros mais adiante, que faz uma parte do Hamza despencar uns três a cinco quilômetros. Toda a água dessas chuvaradas funciona como a descarga de um vaso sanitário, puxando e arrastando tudo em seu caminho para o mar. Foi ele que usou esse exemplo. Só que ele achou a distância um problema. Por exemplo, ele disse que o Hamza deságua debaixo do oceano a uns três quilômetros da costa. Para esse outro rio subterrâneo desaguar, digamos, cem, cento e cinquenta quilômetros mais para dentro do mar, ele precisaria se aprofundar uns oito a dez quilômetros abaixo da superfície da Terra — talvez mais.

— O que está embaixo de tudo isso, formando esses rios subterrâneos? — perguntou ela.

— A Placa do Pacífico.

— Nos Andes; não em Manaus, que fica a mais de mil e quinhentos quilômetros dos Andes.

— Eles acham que o peixe pode ser o canário da mina de carvão. Alguma coisa puxou um pirarucu vivo, respirando, de um rio subterrâneo. Arrastou o peixe muito longe e sugou ele para o Atlântico — concluiu Rodrigo, sem ter certeza de que o que dissera à cientista fazia sentido.

— Ainda bem que não virei geóloga. A ciência ambiental já é esquisita o bastante.

— Tem mais uma coisa.

— Não; chega.

— Mais uma. A atividade sísmica está aumentando no encontro dos rios Negro e Solimões.

— Em Manaus.

— Isso. Não terremotos de verdade, mas muitos abalos imperceptíveis — disse Rodrigo. — Então eu gastei mais um pouco do nosso tempo precioso pesquisando mais sobre o Rio Hamza. Embora ele corra debaixo do Amazonas, eles acham que quando passa por baixo de Manaus, ele está no ponto mais largo — uns trezentos quilômetros de largura.

— Isso não é um rio; é um oceano.

— Verdade. Mas aqui tem uma coisa: eles têm uma teoria que uma enorme caverna pode ter se formado por causa da densidade da selva, ano após ano, por milhões de anos, conforme a vegetação caía por cima do rio. O Hamza pode ter sido o Amazonas original. Tudo o que conhecemos como a floresta amazônica pode ter crescido por cima do rio.

— Isso é você que acha, ou os geólogos?

— Um pouco dos dois. Nós saímos para tomar cerveja uma noite e brincamos de fazer conjecturas. Mas uma conjectura principal da teoria da grande caverna é: "E se toda a chuva correndo por dentro da caverna e no alto dela estivesse fazendo a caverna enfraquecer?" Daí, pode acontecer algum tremor ou acomodação. O próprio Hamza disse que eles realizaram sondagens bem no fundo e que tinha eco, o que indica um espaço muito grande na caverna.

— Você está me dizendo que Manaus está em cima de uma caverna subterrânea gigantesca que pode estar cedendo?

— Eu não. Isso foram seis cervejas falando.

— Então, o que você está dizendo?

— Eu acho que é muito mais simples que rios subterrâneos misteriosos que mergulham cinco a dez quilômetros abaixo da superfície. Acho que uma caverna gigante debaixo de Manaus encheu de água com toda essa chuva e está cedendo no fundo, criando um sumidouro que, aos poucos, está drenando tudo, talvez até a caverna. Eu não sei como o pirarucu foi parar no oceano, mas prefiro a minha hipótese.

— Eu estou exausta! — exclamou ela.

— Bom. Vamos sair para tomar uma cerveja — disse Rodrigo.

24

REPORTAGEM ESPECIAL

Notícias Brasil — todos os meios de comunicação

Sílvia Abranches

18 de março de 2016

Manaus

Desastre Ameaça as Olimpíadas no Brasil

O Comitê Olímpico está se digladiando com um novo desafio: três países, ainda não identificados, indicaram estar considerando uma proibição de viagens para o Brasil durante as Olimpíadas, a fim de evitar que os viajantes tragam o terrível Zika vírus de volta para casa com eles. Acredita-se que dois desses países sejam Serra Leoa e Guiné, ambos os quais lutaram ferozmente para conter o vírus Ebola há dois anos e têm pequenas equipes olímpicas.

O Zika é um vírus transmitido pelo mosquito Aedes aegypti e que, agora se sabe, também pode ser transmitido sexualmente. Ele pode resultar em microcefalia, caracterizada por recém-nascidos com cabeças anormalmente pequenas e severo retardo mental.

Os organizadores vazaram a informação de que outras ações por parte de outros países estão em preparação. Alega-se que certo país europeu está considerando colocar qualquer pessoa que chegar do Brasil em quarentena por um ano.

Também se diz que negociações secretas estão em andamento para transferir alguns dos esportes femininos para outros países da Europa e da Ásia, sugerindo uma possível Olimpíada de dois ou três países. Isso com certeza ressentiria a Presidente do Brasil.

É impossível estimar que efeitos essas ações teriam sobre o Brasil. Até o momento, os gastos do país com a construção de estádios para receber os eventos olímpicos e a infraestrutura de apoio já custaram uma fortuna. Estima-se que o custo da Copa do Mundo e das Olimpíadas ascendeu aos cinquenta bilhões de dólares, de uma estimativa pré-licitação de dez bilhões.

O dinheiro, porém, não é a pior parte. O cenário apocalíptico em desenvolvimento seria destrutivo para a psique nacional. Há sete anos o clima era jubilante — a festa de estreia do Brasil no cenário mundial como nação próspera e em crescimento.

Hoje: recessão econômica, queda dos preços do petróleo num país que depende dele, corrupção, enormes excessos orçamentários, atrasos e trabalho de qualidade inferior em projetos de obras públicas de infraestrutura e, ironicamente, o Zika vírus. Trazido para o país durante a Copa do Mundo, ele vai permanecer por muito tempo após as Olimpíadas, com o sistema médico brasileiro incapaz de lidar com esse desastre que já infectou um milhão e meio de pessoas e resultou em quatrocentos mil bebês nascidos com microcefalia. À medida que a Zika continua a se espalhar, os organizadores das Olimpíadas temem que muitos turistas cancelem seus planos devido ao medo. Com apenas setenta por cento dos ingressos dos eventos olímpicos vendidos até a data, os organizadores dizem que o público pode ser ainda menor se as pessoas mantiverem a distância.

Amanhã: se os problemas acima parassem por aqui, o país provavelmente conseguiria lidar com eles, mas a Zika está se espalhando mais depressa, outros governos estão considerando proibições de viagens entre seus países e o Brasil, atletas do sexo feminino podem decidir não competir, o Comitê Olímpico

176

Internacional pode decidir oferecer outros países para os esportes femininos ou para todos os Jogos Olímpicos. Os bilhões de dólares em turismo podem não se materializar. Atingida com especial severidade será a cidade de Manaus. Sediando apenas seis eventos olímpicos, esperava-se que atraísse algumas centenas de milhares de pessoas para assistir aos jogos e descobrir as maravilhas da Amazônia. Agora que Manaus é o marco zero do Zika vírus, todas as apostas estão encerradas.

Vamos esperar que nem todas as apostas estejam encerradas para os Jogos Olímpicos no Brasil.

****

Notícias Brasil — todos os meios de comunicação

Sílvia Abranches

4 de abril de 2016

Manaus

As Vendas de Ingressos para as Olimpíadas Estão Despencando!

As vendas de ingressos para os Jogos Olímpicos vão muito mal. O culpado? O Zika vírus.

Junto com a queda nas vendas de ingressos, as reservas em hotéis nas praias do Rio estão sendo canceladas em níveis alarmantes.

****

Notícias Brasil — todos os meios de comunicação

Sílvia Abranches

16 de abril de 2016

Manaus

Até o momento, houve setenta e dois casos confirmados de Zika nos Estados Unidos. Em todos os casos, com exceção de um, viajantes contraíram o vírus fora do país e o trouxeram na volta. Os três Estados com mais casos são: Flórida, dezesseis; Nova York, doze; e Texas, onze.

Nova York tem muitos casos por ser um dos principais destinos de viagem do mundo, apesar de não ser um lugar onde o mosquito vetor do vírus se proliferaria.

****

Notícias Brasil — todos os meios de comunicação

Sílvia Abranches

18 de abril de 2016

Manaus

Temendo que o Zika vírus possa prejudicar os Jogos Olímpicos, em particular no distante estádio de Manaus, na selva, o Brasil convocou uma reunião a portas fechadas com os cabeças do Comitê Olímpico Internacional e da FIFA, a entidade sancionadora do futebol.

Parece que o Brasil está tratando com um Comitê Olímpico que mudou de ideia a respeito de realizar seis jogos de futebol em Manaus. O mosquito Aedes aegypti, vetor do Zika vírus, é especialmente endêmico no Amazonas. O Comitê Olímpico pode encontrar simpatia na FIFA, que originalmente se opôs à realização de jogos tão longe do Rio.

As autoridades brasileiras indicaram que não veem ameaça à saúde dos atletas se seguirem procedimentos de aplicação de repelente adequados e seguirem a regra simples de evitar engravidar por três meses após deixarem o Brasil.

Boa sorte com essa última regra simples.

25

— A conversa com DeLuna vai ser duas vezes mais perigosa esta vez — disse Bruno Ferreira, o vice-presidente do Comitê Olímpico Brasileiro.

Ele falava com um membro do gabinete da Presidente do Brasil, que o estava auxiliando na tarefa de manter determinados estádios para as Olimpíadas.

— Precisamos que ele nos ajude de novo — interveio o administrador. — Talvez ele precise ser mais firme desta vez. Esses otários não entendem diplomacia; só força.

— Você sabe com quem estamos lidando. A pior coisa que poderíamos dizer para ele é para ser mais firme. Não dá para imaginar as atrocidades que ele cometeria com essa orientação. — Daí, após uma pausa, disse: — Eu mesmo vou tratar com ele de novo.

DeLuna e Carlos foram novamente convocados. DeLuna novamente aceitou a tarefa, com a orientação: "Mais firme, mas sem mortes."

— Entendo.

****

No dia seguinte, uma caixa foi entregue na suíte para hóspedes por período prolongado em que ficava Vicenzo Conti, o presidente da FIFA, quando estava no Rio — cortesia do governo brasileiro. A caixa era quadrada, com cerca de trinta centímetros de comprimento e vinte de profundidade. Estava endereçada a ele, sem remetente. Ele a levou até a escrivaninha, ao passo que sua esposa perguntava quem batera à porta.

— Ninguém — gritou para ela, visto que ainda estava em outro cômodo.

Ele passou a abrir a caixa com uma tesoura, cortando a fita adesiva clara. Um largo sorriso tomou seu rosto. Havia pilhas de notas de cinquenta dólares por cima. Ele contou uma pilha: cem notas — cinco mil dólares; vinte pilhas — cem mil dólares. Ele disse para si mesmo que aquele seria um bom dia.

Embaixo do dinheiro havia dois pequenos estojos, como os em que uma joalheria colocaria um colar. Mais presentes, talvez algo para sua esposa, pensou ele. Podia ser um bônus adicional por um favor que fizera na semana anterior. Mas, pensou, recebera o suborno como solicitado. "Que seja", suspirou.

Ele pegou o estojo da esquerda para abrir primeiro. Era leve; algo quicava dentro dele. Retirou o embrulho de papel pardo comum e levantou a tampa da caixa. Ele cambaleou para trás de horror. Era um dedo! Um dedo ensanguentado que parecia ser de uma menina, já que a unha estava estilizada da mesma maneira em que a sua filha fazia as unhas.

Então ele se deu conta.

— Sophia! Por favor, Deus, não! — disse debilmente.

Ele colocou o dedo de volta na caixa e o cobriu. Desfez o embrulho do segundo estojo. Levantou a tampa e achou um iPhone. Um bilhete nele dizia: "Toque aqui."

Ele tocou na tela, e o telefone realizou uma chamada para certo número. Quando a ligação foi atendida, um arquivo começou a ser reproduzido. Um homem de máscara estava com o braço em volta do pescoço de Sophia, segurando uma faca com a outra mão. Era exatamente como antes; de fato, ele pensou que era o vídeo do rapto anterior. Então, o homem que segurava sua filha falou:

— Mostre seu dedo para o papai.

Sophia, com o rosto ao mesmo tempo tomado de dor e pavor, ergueu a mão direita. Havia um pequeno curativo branco sobre seu dedo mínimo. O homem passou a faca para a outra mão e removeu o curativo, revelando o toco ensanguentado. Sophia gritou de dor.

Ele perdeu o fôlego — aquele era o dedo de Sophia. Ao olhar para ela, podia notar a agonia que estava sofrendo.

— Se quiser ver esta menina de novo, trate de não furar nosso acordo anterior: futebol olímpico em Manaus.

— Sim, sim! — foi a rápida resposta de Conti. — Sem dúvida. Por favor, não machuque mais ela. Por favor, cuide da mão dela.

— Não me importa se te falarem que vai ter um bilhão de mosquitos em Manaus, todos com Zika. O futebol continua, entendido?

— Sim, sim!

— Eu sei que você vai se reunir com o Brasil e o Comitê Olímpico hoje de tarde. Não ceda se o Comitê Olímpico quiser tirar Manaus. Não ceda.

— Não vou ceder.

— Você está se perguntando para que é o dinheiro? Coloque o dedo em sua caixa de gelo. Quando eu ouvir a decisão de manter o futebol em Manaus nas notícias hoje de noite, vou levar sua filha para o Hospital Samaritano. Eu vou te ligar. Você leva o dedo para o hospital. Eles vão colocar o dedo de volta. O dinheiro é para pagar os médicos.

Conti sabia que lidava com pessoas perigosas desde o ultimo incidente. Agora sabia que eram loucos.

— Eu pesquisei tudo isso. Os médicos podem salvar o dedo dela. Eu cortei no lugar certo. Você faz o que eu mandei e sua filha vai viver com dez dedos em vez de nove.

— Sim, claro que faço. Muito obrigado. Obrigado.

— Mais uma coisa — disse o homem com sotaque hispânico. — Se você não colocar essa coisa nos trilhos, se os jogos das Olimpíadas não forem em Manaus, não vai ser tão fácil assim colocar de volta a cabeça da sua filha.

Vicenzo Conti estava agora quase desmaiando pelo terror e pela mente perturbada do monstro do outro lado da linha.

****

— Chocado e humilhado, é só o que posso dizer — disse o presidente do Comitê Olímpico Internacional.

— Veja, nós dissemos que iríamos nos reunir e decidir entre nós três, o COI, a FIFA e o Brasil, nós e mais ninguém, o que fazer a respeito de Manaus — disse a Presidente do Brasil na sala com seis pessoas: os presidentes de cada organização esportiva e a Presidente do Brasil, cada qual acompanhado de um associado achegado.

— Juan, ninguém mandou você ter a língua solta — disse o presidente da FIFA, Vicenzo Conti, ao presidente do Comitê Olímpico.

— Escute aqui, Conti, ainda mês passado você me disse que Manaus estava fora! — explodiu Juan. — Era a decisão certa no mês passado e devia ser a sua decisão agora.

— Mas que bosta! — praguejou a Presidente do Brasil. — Vocês dois estavam conspirando contra mim — disse, esmurrando a mesa que os separava.

— Pode ter certeza que sim. Você se recusava a ouvir — continuou Juan, exasperado. — Você só se importa em encher os estádios para recuperar um pouco da fortuna mal aplicada.

— Seu babaca! — Ela se pôs de pé. — Foi você quem me disse: "Faça uma coisa de primeira classe. Faça o Brasil ser de primeira classe." Eu fui na sua onda.

Juan não gostou da afronta, ainda mais da parte de uma mulher numa cultura machista.

— E quem se preocupa com os atletas, com a saúde deles? O Zika vírus é coisa séria. Você não está fazendo o bastante. E você — voltou o rosto para o presidente da FIFA —, quando foi que você começou a trabalhar para ela? Se tirarmos Manaus da mesa, todos ficam satisfeitos. Nenhum atleta vai precisar ir para a selva. E para quê? Seis merdas de jogos. É ridículo.

Conti empurrou sua cadeira para longe da mesa redonda.

— Como de costume, você está errado, Juan. Manaus é uma decisão delicada. É por isso que eu estava com a mente aberta a respeito. Eu era contra, a favor, contra e a favor. Em cada caso, eu escutei.

Ele foi interrompido pelo presidente do COI. Juan berrou:

— Sim, você escutou quem pagava mais! Quem está te pagando esta vez? — E olhou para a Presidente do Brasil. Ele estava prestes a dizer, mas hesitou ao perceber o olhar fulminante dela.

— Estou satisfeito porque ele não somente é seguro, mas graças aos esforços redobrados para erradicar a Zika por parte da Senhora Presidente, pode ser o estádio mais seguro de todos.

A Presidente do Brasil olhou para o presidente da FIFA e poderia tê-lo beijado naquele mesmo momento. Mas apenas naquele momento; no restante do tempo, desprezava aquele rato e a corrupção dele. Ela estava ciente do que acontecera à sua filha, Sophia, no ano anterior. Tinha também ciência do pacote que ele recebera mais cedo naquele dia e de que Sophia tinha no momento um dedo a menos. Mesmo assim, estava grata. Sob as regras de seu acordo, haviam decidido que a maioria dos três constituiria a decisão final. Apesar de que, caso se unissem contra ela, a Presidente, sempre minuciosa, mandaria prender os dois por suborno e corrupção. Tinha filmagens de ambos aceitando subornos, gravadas nas suítes fornecidas pelo Brasil.

Naquela noite, o *Notícias Brasil* declarou que os repórteres haviam sido informados de que todas as três partes haviam concordado que os jogos seguiriam em Manaus como planejado. Estavam satisfeitos com a extensiva aspersão de inseticidas que estava sendo realizada e faria daquele o mais seguro de todos os estádios olímpicos.

O dedo de Sophia foi reimplantado numa operação de emergência, tarde naquela noite.

26

Notícias Brasil — todos os meios de comunicação

Sílvia Abranches

25 de julho de 2016

Manaus

Notícia urgente! O Zika Vírus Está Prejudicando a Venda de Ingressos para as Olimpíadas

Faltando pouco mais de uma semana para a cerimônia de abertura dos Jogos Olímpicos, a venda de ingressos está fraca e se espera que os estádios tenham apenas oitenta por cento da sua capacidade preenchida.

Os dirigentes das Olimpíadas temem que haverá milhares de assentos vazios em eventos olímpicos principais, incluindo até mesmo a cerimônia de abertura no Rio.

Fontes anônimas nos informam: O governo ordena — encham os estádios. Ingressos não vendidos até este fim de semana serão doados para que todos os eventos estejam lotados ou superlotados.

31 de julho de 2016

Chunk DeLuna, recebendo a segunda grande festa em sua casa num único mês, estava prestes a se tornar um homem admirado e respeitável, quando Lábios Enrugados, o papagaio, falou, do outro lado do amplo salão de festas revestido de mármore, cheio de convidados.

— Passarinho bonito! — falou o papagaio, grasnando as palavras que Lívia Cavalcanti lhe ensinara quando ele posava para seu retrato. Tendo sido retalhado e destruído por um ciumento DeLuna, o retrato não mais estava pendurado no centro do salão. Fora substituído por uma versão menor, anterior, de *Lábios Enrugados,* um modelo para a pintura final, o qual o pássaro estava admirando naquele momento.

O senador do Estado da Bahia deu um passo à frente no centro do cômodo, abaixo da pintura. O salão estava silencioso quando o senador tomou fôlego para falar.

— Passarinho bonito! — enunciou o papagaio, causando gargalhadas.

— Sim, sim. Passarinho bonito — disse o senador, causando mais risadas. Um dos empregados de DeLuna, no fundo do salão, esticou-se e colocou uma cobertura sobre a grande gaiola de Lábios Enrugados ao receber um olhar de Chunk.

— Como eu estava para dizer, antes que o meu amigo admirasse sua pintura — disse o senador, causando ainda mais risos —, nosso amável anfitrião, o Sr. Juan DeLuna, está dando orgulho a todos os brasileiros com a bela Arena da Amazônia que construiu em Manaus.

DeLuna corou — uma das poucas vezes que isso aconteceu em sua vida — e seus olhos apontaram para baixo por um momento. Houve forte aplauso para o homem a quem todos ali reunidos deviam seu sustento ou renda ampliada.

— Dentro de cinco dias acontecerá a cerimônia de abertura no Rio, seguida dois dias depois pelas primeiras partidas de futebol em Manaus — continuou o senador. — Como sabem, e espero que compreendam o quanto isso significa, todos nós seremos convidados do Sr. DeLuna no novo estádio. Sr. DeLuna, todos estamos genuinamente agradecidos e honrados de representar nosso Estado e o Brasil quando viajarmos a Manaus.

Os cerca de cem convidados irromperam em aplauso, e o senador retirou-se para o lado, acenando para que DeLuna falasse.

— Obrigado, Senador — disse DeLuna, avançando para ficar ao lado do senador, o qual apertou sua mão entusiasticamente. — E obrigado a todos vocês por seu apoio à CDL neste empreendimento tão sério.

— Um grande homem — disse o diretor de aquisições do Estado do Amazonas às pessoas ao seu lado, mas a ninguém em particular.

Dois deputados federais meneavam a cabeça com entusiasmo, dizendo um ao outro:

— Ele devia entrar na política; ele sabe como fazer as coisas acontecerem. — Eles haviam patrocinado, com sucesso, um projeto de lei para realocar certos monumentos históricos em Manaus a fim de abrir espaço para a Arena, de modo que o local inteiro também abrangesse um terreno de dois hectares pertencente a DeLuna. Esses convidados deviam sua nova riqueza aos subornos que DeLuna lhes pagava ou às dívidas que lhes perdoava.

DeLuna sorriu, seus caninos de ouro brilhando à luz; dentes que sempre faziam lembrar a fera à espreita.

— E antes de irmos para Manaus em nosso voo fretado na semana que vem — disse DeLuna, estufando seu peito largo —, tenho mais uma surpresa. Quando voarem de Recife para Manaus, vocês vão fazer um pequeno desvio para o sul... — ele pausou, olhando para a expectativa nos rostos, e então gritou — para a cerimônia de abertura no Rio! — Havia interrogação no rosto dos convidados; começaram a se entreolhar, sem ter plena certeza do que DeLuna estava dizendo. — Eu preparei tudo. Vocês têm ótimos lugares a quatro fileiras da Presidente do nosso país. — DeLuna olhou para seus rostos inquiridores. Essas pessoas, esses amigos, esses burocratas comprados, todos tinham origens semelhantes — de famílias pobres, parte da classe média que se estabelecia. Trabalhavam duro, cumpriam suas funções e, como é costume em todo o país, os que tinham influência a vendiam pela renda extra. — Vocês vão à grande abertura das Olimpíadas! A CDL contatou todos os seus empregadores e patrões, e obteve permissão para que tenham uma folga prolongada pelo trabalho que fizeram em apoio a esse grande esforço.

E então ele viu o efeito. Lágrimas vertiam dos olhos de muitos; sorrisos surgiam em seus rostos ao mesmo tempo. Só ocasionalmente se recebia reconhecimento pelo esforço individual, criminoso ou de outra natureza. Alguns dos homens mais jovens no meio do salão começaram a pular, gritando: "Viva o Brasil! Viva o Brasil!" Três mulheres no lado esquerdo do salão começaram a dançar de mãos dadas, formando uma roda. Elas eram as prostitutas que mais ganhavam dinheiro nos bordéis de DeLuna em Manaus, cuidando dos seus operários do sindicato enquanto construíam o estádio. Uma algazarra começou a irromper, à medida que todos os ali reunidos compreenderam o que DeLuna lhes dizia, o que estava fazendo por eles. Silenciosos juramentos de lealdade àquele homem generoso eram recitados nos corações de muitos.

Chunk DeLuna estava satisfeito. Todos estavam felizes.

27

O jogo da primeira fase mal havia iniciado. O calor da tarde fazia da Arena uma abafada selva de concreto na borda da abafada selva amazônica. A primeira rachadura apareceu na parede no alto do estádio, o qual tinha sua capacidade de cinquenta e dois mil torcedores plenamente preenchida naquele dia. Na seção 17, fileira 88, cadeiras A16 e A18, estavam sentados dois torcedores, dois adolescentes que mergulharam no abismo que se abriu debaixo deles. A parede estremeceu ao passo que o solo abaixo dela cedia. À medida que o estádio se encurvava no canto sudeste, começou a se desvanecer. Seção após seção desabava, enquanto que a gigantesca cratera abria mais e mais sua horrenda boca.

Os torcedores no canto noroeste fitavam com incredulidade enquanto lado oposto do estádio desaparecia. O pânico tomou conta ao assistirem fileira após fileira cair e ao assistirem o piso da arena esportiva cair de debaixo dos torcedores do lado oposto.

Quatrocentas e sessenta pessoas morreram, estimadamente duzentas e trinta estavam desaparecidas e outras duas mil e duzentas foram hospitalizadas. O hospital local mais próximo tinha cento e cinquenta leitos quando começaram a chegar os feridos; daí, o hospital se expandiu, primeiro para o estacionamento do estádio, depois para uma escola estadual próxima e para o campo de futebol desta.

Polícia, bombeiros, torcedores, cidadãos locais — todos foram obrigados a prestar serviço. Levou mais de quarenta e oito horas para extrair todos os feridos e não feridos da grande cratera que engolira o canto sudeste, logo à direita da goleira. Naquele dia de abertura dos jogos de futebol olímpico da Arena da Amazônia, nenhuma bola atingira o gol.

Podia-se ouvir pessoas berrando de agonia e medo. Os feridos e os assustados clamavam de dentro do buraco negro. Após várias horas de puro caos, um sistema começou a surgir. Cordas e escadas haviam sido obtidas; áreas de triagem abertas; médicos, enfermeiros e paramédicos localizados. Uma unidade do exército, responsável pela segurança naquela região do Estado, estava posicionada nos arredores da cidade. Os soldados foram convocados a servir e, com vários caminhões grandes, começaram a auxiliar as ambulâncias no traslado dos feridos do campo de batalha que era a Arena da Amazônia para outros hospitais mais distantes nos casos em que se exigia tratamento mais intensivo.

Foi o comandante do destacamento que descreveu a cena como um campo de batalha.

— Eu estava com a ONU no Kosovo, e nunca vi nada tão ruim como isso. Foi pior do que qualquer destruição causada pelo homem que vimos na zona de guerra — explicou o abalado líder.

Ao longo dos dias seguintes, a gravidade da tragédia começou a se espalhar pelo Brasil e pelo mundo dos amantes do futebol. O estádio novinho fora minado, era a teoria, pelo rio subterrâneo abaixo do Amazonas, o gêmeo chamado Rio Hamza.

Em Brasília, capital da nação, o orgulho pela conquista do direto de sediar a Copa do Mundo e as Olimpíadas fora às alturas nos primeiros dois anos após o anúncio em 2009; então, o país caíra na realidade. As despesas estavam afundando a economia. Os custos em infraestrutura para montar os dois eventos haviam sido enormemente subestimados. Administrar a Copa e as Olimpíadas era para ser lucrativo, representando bilhões de dólares provenientes dos direitos de transmissão de TV e da venda de ingressos, junto com outros bilhões do turismo durante e imediatamente após os eventos. Então, outros bilhões seguiriam, à medida que o mundo tivesse a oportunidade de ver esse florescente gigante tropical, com um povo fabuloso, deslumbrantes cidade à beira-mar, como Rio e Recife, e a grande selva amazônica. Mas a infraestrutura — prédios para acomodar os atletas, as arenas e estádios, e a estrutura de apoio para acomodar e transportar os milhões de pessoas esperados — não fora adequadamente planejada e financiada. A escala e a velocidade exigidas para sediar os jogos pareciam factíveis. Essa era a palavra que a Presidente usara, repetidamente: "factível". Se ela dizia que era factível, era factível, mesmo que não o fosse. O otimismo, o pecado dos esperançosos, suprimiu o bom juízo. O bom senso era escasso ao avaliar as capacidades da nação; a ganância, no entanto, era abundante. Muitos dos deputados e senadores estavam recebendo a sua parcela. Antes dos jogos, já era suficientemente ruim que trezentos dos oitocentos legisladores do Brasil houvessem sido condenados por crimes sérios e ainda estivessem em seus cargos.

Em 2013 e no início de 2014, a meio caminho entre a concessão dos jogos e os eventos propriamente ditos, estourou revolta em todas as principais cidades do Brasil. Os custos dos jogos, a dobradinha da Copa e das Olimpíadas, estavam descontrolados. A maioria dos projetos estava atrasada e, por meses, excessos orçamentários eram trombeteados diariamente nas manchetes. O Brasil estava prestes a fazer papel de tolo diante do mundo inteiro. Como se deslocariam as centenas de milhares de novos visitantes em São Paulo se as novas linhas de metrô não fossem construídas? Quantas pessoas compareceriam aos jogos num estádio de cinquenta e dois mil lugares, na floresta, que recebia em média apenas trezentos e cinquenta torcedores para o time local? O que o mundo pensaria da cintilante cidade do Rio de Janeiro com ladrões e assassinos se misturando às multidões que chegassem? E quanto aos planos de eliminar algumas favelas, repletas de imundície e esqualidez, realocando os moradores fora do Rio?

Entretanto, com pura força de vontade, a Presidente persuadiu, acalmou e conduziu a nação através de sua dúvida. Ela reforçou a futura potência que seria o novo Brasil. Eles acreditaram nela.

****

— Bosta! — berrou a Presidente. — É claro que acreditaram em mim. Eu sou a Presidente. Eu disse que íamos sediar os Jogos mais bem-sucedidos da história das Olimpíadas. E no primeiro dia, na merda do primeiro dia em Manaus, temos uma tragédia. — Ela golpeou a mesa com a mão espalmada. — Eu quero respostas! Como isso pode ter acontecido?

Diante da flamejante Presidente estavam reunidos dois senadores, três ministros de gabinete, o presidente do Comitê Olímpico Brasileiro e o diretor de projetos para as Olimpíadas. Um tremor percorreu aqueles homens de meia idade que vestiam ternos. Todos eles estavam presentes, no dia anterior, em diferentes eventos olímpicos.

— Que bosta! — trovejou ela. — Me digam: quem é responsável por isso? — berrou, lançando adagas dos olhos na direção do diretor de projetos.

Ele ficou temeroso. Pensou: "Uma mulher me tratar assim? Nunca."

— ME DIGA! — gritou ela a pleno pulmão. O diretor de projetos olhou para ela. A Presidente saiu de trás da sua mesa. Era da mesma altura que ele. Ela agarrou o diretor pela lapela e o puxou até poucos centímetros do seu rosto. — ME DIGA, SEU DESGRAÇADO MISERÁVEL: COMO ISSO ACONTECEU?

Uma lágrima surgiu em seu olho direito; depois no esquerdo. Elas escorreram pela sua face.

— Você está chorando. Seu merda. Centenas de pessoas estão mortas por causa da sua incompetência e você está chorando? — Ela caminhou de um lado para outro por um momento, tentando tomar controle da crise. — Caia fora do meu gabinete e volte daqui a duas horas — DUAS HORAS! — e me diga o que deu errado. Quem fez essa merda.

Ele ficou de pé, olhando para ela. As lágrimas fluíam abundantemente.

— CAIA FORA DAQUI! — disse ela e, virando-se para o presidente do Comitê Olímpico, berrou: — Sumam da minha frente! Todos vocês, sumam da minha frente!

****

Duas horas mais tarde, eles não tinham respostas. Nos dias que se seguiram, nas entranhas do prédio onde haviam sido planejadas as Olimpíadas, os diretores e deputados responsáveis se reuniram. Principiaram a revisar o estádio de Manaus desde a sua concepção, passando pelas lutas em que se dizia que o Brasil não precisava de um estádio de cinquenta e dois mil lugares na selva. Examinaram as anotações das batalhas políticas que se seguiram, as aprovações, os desenhos arquitetônicos, os desenhos aprovados, o processo de contratação e as concessões. Puxaram documentos dos planos de projeto para cada etapa do estádio, orçamentos, despesas, prazos e agrimensuras do local.

A CDL Empreendimentos, a empreiteira geral da Arena da Amazônia estava para receber uma severa censura.

E quando o engenheiro civil chefe ligou para a CDL Empreendimentos três dias depois do desabamento do estádio, Chunk DeLuna estava entre os desaparecidos.

Sim, ele havia estado lá — no estádio. Sorria, irradiando orgulho; ele e seu grupo tinham lugares privilegiados para o jogo inaugural no estádio. Ele se gabou e se elogiou ao mostrar o que ele e a CDL haviam construído. E, então, tudo se foi.

O grupo de DeLuna estava sentado no meio de campo, olhando diretamente para a goleira, quando um meia partiu para o ataque e correu em direção ao gol. O queniano driblou dois chilenos que tentavam auxiliar o goleiro. O queniano chutou a bola, que passou muito acima do gol. De onde DeLuna estava, pareceu que a bola tinha derrubado o lado sudeste do estádio. A bola subiu; o estádio desceu — lentamente. Foi assim que DeLuna viu tudo, como que em câmera lenta. Primeiro, algumas fileiras; daí, tudo começou a cair, de cima a baixo. Depois, parecia uma onda quebrando no mar; braços começaram a sacudir. As pessoas fugiam em todas as direções para longe do buraco que se abria no estádio de Chunk DeLuna.

Chunk estava de boca aberta. O canto sudeste de seu lindo estádio estava desmoronando para dentro do chão. DeLuna não conseguia entender para onde o estádio caía. Após alguns minutos de choque com o que havia ocorrido e observando as pessoas começarem a voltar na direção da grande tragédia que havia acontecido, DeLuna conduziu os onze amigos em seu grupo para fora do estádio.

28

A cabeça de Chunk DeLuna latejava quando ele acordou de uma noite mal dormida. Seus problemas lhe vieram à mente de imediato, sobrepujando o sono; sua mente ficou instantaneamente livre da letargia do início da manhã. Um a um, os desafios apareceram: o primeiro da fila era o desabamento do estádio no dia anterior, seguido por problemas num prédio da Vila Olímpica que tinha um enorme dano causado pelo vazamento de um encanamento defeituoso e, por fim, milhares de pequenos problemas, como um ministro que estava entregando tudo num inquérito federal sobre suspeitas de subornos pagos pela CDL Empreendimentos.

Chunk saltou da cama e começou a fazer flexões. Depois de uma série de cem, a pressão em seu cérebro aliviara bastante, apenas para abrir espaço para seu dilema com Lívia e o pintor. Ele rapidamente se trocou, colocando bermudas de corrida, uma regata e tênis, e saiu correndo pela porta da frente. Estava alerta para a possibilidade de ser preso naquele dia, pois emissoras de televisão do país inteiro exigiam a cabeça das pessoas que haviam construído o condenado estádio na Amazônia.

Pensou em Lívia enquanto corria. Jamais a vira como ela estava ao saírem do estádio. Ela não parava de lhe perguntar: "Como isso pode ter acontecido?" Vez após vez. Nada mais; só isso. Era uma acusação? Será que ela estava apenas em choque? Ele não perguntara, mas quando ela pediu para ficar no Hotel Intercontinental em Boa

Viagem, sozinha, ele soube. Ela o culpava. Não queria voltar para casa. Ela não disse essas palavras, mas ele sabia o que Lívia pensava: "Você ficou com todo o crédito; agora fique com toda a culpa." Era com esse tom de superioridade que ela lhe falava sobre alguns de seus negócios duvidosos que não davam certo. Talvez ele precisasse mesmo assumir a culpa; talvez não.

O conspirador dentro de DeLuna começara a pensar. O problema não era no estádio. Era embaixo dele. As pessoas que fizeram as análises de solo e os agrimensores e engenheiros que haviam instruído a CDL referente à fundação — todos eles deviam assumir a culpa. Eles deviam ter descoberto o que agora se sabia: onde o Rio Negro conflui com o Solimões, em Manaus, naquela mesma imensa bacia hidrográfica, também flui o maior rio subterrâneo do mundo, o Rio Hamza, descoberto apenas em 2011.

No noticiário que DeLuna viu antes de sair de casa, geólogos especulavam que o rio que corria por baixo do estádio era um braço do subterrâneo Rio Hamza e que esse braço do rio corria por uma enorme caverna. As chuvas da primavera haviam sido tão fortes que a caverna ficara inundada e a água chegara até o domo, erodindo-o, transformando-o em lodo e, ao mesmo tempo, criando um sumidouro no fundo da caverna. O grande peso do estádio, construído diretamente sobre o domo, fez com que partes dele desabassem para dentro da caverna e, depois, para dentro do sumidouro no fundo dela. A última parte explicara por que se presumia que tantos dos desaparecidos estivessem mortos. O desabamento da caverna os sugara para dentro do sumidouro, mais fundo na Terra.

Para DeLuna, isso cheirava a oportunidade. O que seu advogado sempre lhe dizia? Negação plausível. "Como poderíamos saber que um rio subterrâneo corria por baixo do estádio se, até um ano depois de iniciarmos a construção, não se tinha descoberto nem mesmo que existia um rio subterrâneo?"

O noticiário mostrou torcedores resgatados, sendo puxados para fora do imenso buraco que fora parte do estádio. Suas roupas estavam encharcadas; eles estavam molhados e gelados. Repórteres que haviam chegado logo no local no dia anterior começaram a entrevistá-los.

— A gente só caiu, direto para baixo — começou um torcedor com cerca de vinte e cinco anos de idade —, como se alguém tivesse puxado o chão debaixo da gente.

O repórter, ao vivo, passou o microfone para outro torcedor resgatado.

— Caímos na água. Tinha gente se debatendo por toda a parte. Era tudo um negrume, mas dava para ver luz no alto. — O torcedor espirrou e tomou fôlego. — A gente estava se afogando. A água estava nos levando. Tinha terra perto de alguns de nós, e nadamos para aquele lado. Era como a margem de um rio. Acho que a gente estava dentro dum rio.

Essa era a imagem que DeLuna continuava vendo em sua mente quando pensava no que fazer a seguir. Ele chegara de volta a Recife no jato da empresa às quatro da manhã, após um voo de três horas de Manaus. Ele deixara Lívia no Intercontinental, e quando chegara a casa, parte daquela mesma reportagem estava sendo transmitida. Ela foi ao ar muitas vezes até o início da manhã. Chunk postou-se diante da televisão, assistindo ao horror do que criara, até que adormeceu.

As emissoras de Recife cobriram o acontecido a noite toda. Afinal, fora uma tragédia de enormes proporções: o esporte nacional, o jogo inaugural das Olimpíadas em Manaus, a milagrosa transformação do Brasil de terceiro para primeiro mundo e os olhos de todo o globo no belo Brasil.

Então, essa era a solução, raciocinou DeLuna em seu cérebro primitivo, mas extremamente alerta. Construção nenhuma podia resistir a análises de solo falhas, ao desconhecimento da existência de um rio debaixo do estádio proposto, a um terreno que cederia com um estádio de trezentas e cinquenta mil toneladas de concreto e aço sobre ele e ao conselho ruim dos engenheiros franceses que originalmente contratados para avaliar o terreno. Ele partiria para o ataque. Ele se uniria ao ultraje. "Meu estádio, meus torcedores, meu Brasil. Enforquem os desgraçados que fizeram isso com a gente!"

DeLuna sorriu, agora correndo na beira da praia, conspirando a cada passada. Estava tão concentrado que, pela primeira vez desde sempre, não parou para olhar as meninas na praia. Pegou o celular do pequeno estojo no seu lado direito, deslizou o dedo sobre a tela até o contato de seu advogado e tocou nele para discar.

— Emílio, aqui é Chunk.

Emílio sabia.

— Eu sei. Bom dia, chefe.

— Não está bom, seu idiota; mas vai melhorar — rosnou DeLuna. — Você viu as notícias?

— Vi. Trágico! Aquilo foi a gente?

— Foi o nosso estádio. E estamos ofendidos com o que aconteceu. Eu quero que você prepare uma coletiva de imprensa.

No decorrer de uma abrangente entrevista no local do estádio, em Manaus, no dia seguinte, DeLuna bancou o lamentador profundamente desolado pela perda de vidas, extremamente humilhado pelo Brasil e pessoalmente enfurecido pela incompetência dos agrimensores e engenheiros que fizeram o trabalho inicial e não encontraram o rio subterrâneo, deixando "meu estádio cair no abismo." DeLuna começou a chorar.

DeLuna até providenciou que um de seus engenheiros explicasse, usando uma tabela, sobre quem recaía a culpa. No lado esquerdo da tabela, dividida com uma linha preta, estavam os nomes das empresas que tinham a responsabilidade de entender as condições do solo, os problemas no subterrâneo e as exigências estruturais da fundação. No lado direito, estava a CDL Empreendimentos.

— Os desgraçados na esquerda nos disseram como construir e em cima do que construir; e nós construímos. — DeLuna ficou então de pé na frente do lado da tabela onde estava a CDL e apontou para cada uma das três empresas de engenharia. — Esses bandidos nos decepcionaram. Assassinaram nossos concidadãos com sua incompetência e envergonharam o Brasil diante do mundo inteiro.

Para enfatizar, quando um repórter fez uma pergunta depois, DeLuna disse que "testemunharia sob juramento contra esses assassinos para garantir que a justiça seja feita."

****

A Presidente do Brasil assistiu a uma reprise da coletiva de imprensa de DeLuna. Gostou da abordagem dele. Adotou-a para si. O Brasil está horrorizado. Os franceses nos decepcionaram. Mas, mesmo assim, quem de nós poderia ter previsto as maciças chuvas de primavera causando enchente na ramificação do grande rio subterrâneo? Mal se sabia que esse rio que comprometera o estádio sequer existia. Empatia e admiração pelo Brasil surgiam ao redor do mundo. Pobre Brasil! Corajosamente seguindo em frente. A Presidente recebia louvores por seu espírito de liderança frente ao desastre. No curso dos próximos três dias, as Olimpíadas continuaram e o clamor começou a atenuar, visto que agora parecia que ninguém tinha culpa — fora um ato de Deus.

29

No nono dia após o desabamento da Arena da Amazônia, João Silva, o agrimensor demitido do projeto de Manaus, ligou para o *Diário do Amazonas*, um dos principais jornais de Manaus. Depois de uma breve conversa por telefone e uma primeira reunião, Sílvia Abranches, a repórter que falou com ele, sentiu que havia uma história maior e perguntou se podiam fazer uma entrevista conjunta com o programa *Notícias Brasil TV,* transmitido pela emissora Canal Amazônia, que também possuía o jornal. Isso garantiria maior cobertura nacional, e Sílvia ainda escreveria para a versão impressa do *Notícias Brasil.* João Silva concordou, e eles se encontraram no dia seguinte, nos escritórios do Canal Amazônia.

Naquela noite, a entrevista foi transmitida em Manaus na hora do jantar e foi mostrada nos noticiários de fim de noite de todas as emissoras do Brasil. Na manhã seguinte, o *Diário do Amazonas* continha a entrevista completa, com a manchete na primeira página berrando: "Eles Sabiam Que o Estádio Estava Afundando!" A versão impressa da matéria de Sílvia também apareceu em todos os principais jornais ao redor do mundo através da agência *Notícias Brasil.*

Na entrevista de televisão, um homem e uma mulher estavam sentados frente a frente, separados por uma pequena mesa com copos d'água. A mulher era imediatamente reconhecida em Manaus como Michelle Montes, uma ex-miss que havia virado âncora de noticiário. A lente da câmera, como já se tornara comum, estava ao nível da cintura, exibindo as pernas de Michelle um pouco acima da coxa. João Silva, sentado em frente a ela, vestia uma camisa bege de linho e calças marrons. E parecia nervoso.

Montes: Boa noite. Eu sou Michelle Montes, e hoje temos uma entrevista exclusiva com João Silva, que me contou uma impressionante história de atos ilícitos na Arena da Amazônia, o estádio que desabou aqui em Manaus. Obrigada por ter se apresentado, Sr. Silva.

(*A câmera se aproximou de Silva, que acenou com a cabeça, ao passo que começava a suar sob a iluminação do estúdio com cenário de sala de redação.*)

Montes: Sr. Silva, por favor, diga aos nossos telespectadores seu nome e profissão.

Silva: Meu nome é João Silva, e eu sou agrimensor.

Montes: Há quanto tempo é agrimensor, Sr. Silva?

Silva: Dezenove anos.

Montes: Onde o senhor está trabalhando no momento?

Silva: Em lugar nenhum. Estou desempregado.

Montes: Como o senhor veio a ficar desempregado?

Silva: Eu fui demitido como agrimensor da obra da Arena da Amazônia, em Manaus.

Montes: Esse é o mesmo estádio que desabou na semana passada?

Silva: Sim.

Montes: Por que o senhor foi demitido?

Silva: Eu descobri que o solo debaixo do local do projeto estava cedendo.

Montes: Espere um momento! Isso foi antes do desabamento do estádio?

Silva: Sim.

Montes: Está nos dizendo que o senhor e outras pessoas sabiam que o estádio estava cedendo antes do desabamento?

Silva: Sim.

(*Neste ponto, a câmera se aproximou de Montes, mostrando sua angústia e confusão ao pressionar Silva.*)

Montes: Por que o senhor não falou nada?

(*Silva agora suava profusamente, com gotas escorrendo de sua testa e face. Sua camisa estava encharcada do peito para cima. Ele pegou um lenço de papel da caixa sobre a mesa e enxugou a fronte.*)

Silva: Eu falei.

Montes: O senhor falou com quem?

Silva: Nós tínhamos feito uma agrimensura final antes de concretar as paredes e a seção de assentos do estádio.

Montes: (*interrompendo, exigente*) Por que isso é importante?

Silva: Assim que começamos um projeto, nós fazemos uma medição de seis pontos na área. Daí, antes que os segmentos principais de qualquer projeto sejam concretados, para garantir a absoluta uniformidade de algo tão grande como um estádio, nós refazemos a agrimensura. Nós refazemos a leitura dos mesmos seis pontos para ter absoluta certeza de que as leituras batem.

Montes: Certo. E as leituras bateram?

Silva: Não.

Montes: Não. Elas estavam com uma pequena diferença?

Silva: Não.

Montes: (A rainha do dramatismo estava agora em seu elemento.) Como assim, "não"? Eu pensei que o senhor tinha me dito que havia uma diferença.

Silva: A senhora perguntou se era uma pequena diferença. A resposta é Não. Havia uma grande diferença.

Montes: Grande? Quanto?

Silva: Um metro em quatro dos pontos.

(Seguindo a abordagem anteriormente combinada da entrevista, Montes faria todas as perguntas e acrescentaria emoção. O papel dele era ser profissional, frio e, portanto, verossímil.)

Montes: Um metro? Não parece uma grande diferença para mim.

Silva (inclinando-se para a frente): É uma diferença gigantesca!

Montes: Como surgiu essa diferença? Como o senhor descreveria o que estava acontecendo?

Silva: O solo estava cedendo! Em dois anos, do início, em 2010, quando tiramos a primeira leitura, até quando fizemos as leituras finais, em 2012, o solo cedeu um metro. Eu nunca tinha visto nada como isso antes, nem um milímetro. Eu verifiquei novamente cada ponto três vezes, recalibrei meus instrumentos. Ainda assim — um metro.

Nesse ponto, Carlos, que estava assistindo à entrevista, ligou para Chunk DeLuna.

— Sua TV está ligada? — perguntou ele ao chefe.

Montes: E o que o senhor fez quando viu que as leituras não batiam?

(A câmera, que havia fechado em Montes, moveu-se vagarosamente até Silva, para aumentar a dramaticidade.)

Silva: Eu falei com o engenheiro do projeto.

Montes: (impaciente, aumentando o impacto do momento.) E o que aconteceu? Conte...

Silva: O que aconteceu? O que aconteceu é que eu fui demitido.

Montes: Só isso? As leituras não bateram, e você foi demitido?

(Sentindo-se agora menosprezado, Silva empurrou sua cadeira para trás.)

Silva: Não, não foi só isso! Era o dia que eles iam começar a concretar as paredes do estádio. Uma semana antes, eu tinha feito as leituras. Elas não bateram, e eu avisei o engenheiro do projeto. No dia que íamos começar a concretar, o engenheiro do projeto me disse que o diretor de projetos queria que eu refizesse a agrimensura. As leituras foram as mesmas. O solo tinha afundado um metro em dois anos. Depois que eu dei o segundo conjunto de leituras para o engenheiro do projeto, ele me pediu para recalibrar meus instrumentos. Eu tinha recalibrado. Nada mudou. Então, ele me mandou ir almoçar. Depois de umas horas, ele voltou e me demitiu.

Montes: O que ele disse?

Silva: Ele disse que o meu trabalho no projeto estava concluído. Não precisaria mais de mim.

Montes: O seu trabalho estava concluído?

Silva: Podia estar. Mas tinha muito trabalho contínuo de agrimensura ao longo de 2013, 2014 e 2015 que precisava ser feito conforme as várias etapas da obra fossem concluídas. Em especial porque o terreno tinha cedido e para descobrir como retificar.

Montes: O senhor não foi contratado para fazer isso?

Silva: Eu era o agrimensor do projeto. O agrimensor do projeto fica até que o projeto esteja terminado. Se verificarem, vão ver que outro agrimensor de projeto foi contratado depois da minha demissão.

Montes: Deixe-me resumir. O que o senhor nos disse é que o solo debaixo da Arena da Amazônia, em Manaus, tinha cedido um metro em dois anos após o começo do projeto. Está correto? Em 2012, o terreno estava um metro mais baixo do que em 2010?

Silva: Sim.

Montes: E, assim que o senhor informou ao seu encarregado no projeto que o solo estava cedendo, o senhor foi demitido.

Silva: Sim.

Quinze minutos após a transmissão, o Diretor de Projetos para as Olimpíadas estava ao telefone com a Presidente do Brasil.

— Senhora Presidente, a senhora viu as notícias?

— Sim, eu acabei de ver o vídeo — respondeu a Presidente.

— Não tínhamos conhecimento disso — disse o Diretor de Projetos para as Olimpíadas, com temor na voz.

— Eu não acredito em você! — gritou ela no telefone.

— Eu renuncio, se a senhora quiser.

— Não, você não vai renunciar! Você vai estar no meu gabinete amanhã, às sete da manhã com as informações exatas do que aconteceu: qual foi a sequência, quem sabia disso e o que fizeram, ou não fizeram, a respeito. Parece que o agrimensor era o único que sabia o que estava fazendo — concluiu ela.

— Sim, senhora.

****

A Presidente, exausta da montanha-russa dos últimos dez dias, desabou em sua cadeira. Ela se sentia como se estivesse caindo na gigantesca cratera na selva. Bem quando pensava que havia escapado, era sugada para dentro dela.

PARTE

5

30

O mundo de violência de DeLuna lhe deixara uma crescente, desequilibrada dívida de ódio. Era uma dívida que somente poderia ser equilibrada com vingança. Odiado pelo traficante de Salvador por ter decapitado a irmã dele. Odiado pelo Senador Ottero por ter assassinado sua filha num tanque de ácido. Odiado pelas famílias dos ex-presidentes depostos e assassinados da empresa de concreto. Odiado por Estêvão por causa do modo como tratava Lívia. Odiado pela Presidente do Brasil por ter destruído o momento definidor dela no cenário mundial. A única questão era: quem agiria?

Durante todo esse tempo, o empreendimento criminoso da CDL floresceu, em parte devido à maníaca necessidade de controle de DeLuna, mas principalmente devido à atitude confiante de Carlos e à lealdade dos subalternos originais deste — Pedro, Paulo e Raphael. Era Carlos quem equilibrava com sua calma a volatilidade de DeLuna numa crise. Chunk era inteligente o bastante para perceber que os dons que Carlos possuía não faziam parte de sua própria compleição. Por isso Carlos administrava o negócio de concreto e o fizera lucrativo; por isso ele era o homem número dois na organização; e por isso DeLuna confiava nos conselhos dele. Conselhos que, à medida que a CDL se tornava mais vasta e complexa, Carlos percebia serem cada vez mais necessários. De fato, Carlos passara a ser quem tomava as decisões, administrando o negócio. DeLuna estava assumindo uma posição honorária na empresa, em especial porque a complexidade o desconcertava e os promotores federais estavam determinados a prendê-lo. Carlos andava na corda bamba, sempre informando a Chunk as decisões que tomava sem primeiro pedir sua aprovação.

E, assim, quando Chunk o procurou para falar do problema de Lívia e Estêvão, Carlos deu conselho com a mesma confiança que em outros assuntos de negócios. Isso foi um erro.

— Chunk, o que você esperava?

— Lealdade, amor. Eu dou de tudo para ela. Lívia morava na favela, eu tirei ela de lá — confidenciou DeLuna, passando a mão pelo seu grosso cabelo negro. — Pelo amor de Deus, ele tem idade para ser pai, avô dela. Você viu o cara na exposição de arte de Lívia, não viu?

— Vi, Chunk — disse Carlos, ainda em modo de audição, ainda suportando as consequências, enquanto a fera ferida protestava.

— E quando eu perguntei para ela, eu já sabia — merda, eu já sabia! Mas quando eu perguntei para ela o que estava acontecendo, sabe o que ela disse?

— Eu sei, você me disse.

— Pode ter certeza que eu te disse. Ela disse que eu estava louco. Eu acusei ela de transar com Estêvão e ela me disse: "Chunk, ele tem idade para ser meu pai." Que belo jeito de me mandar à merda! — continuou o touro em sua fúria, agora se levantando da cadeira e caminhando de um lado para outro. Foi quando Chunk começou a andar assim que Carlos ficou nervoso. Esse gesto normalmente significava que o magma abaixo de sua pele estava superaquecendo e uma erupção era iminente.

— Chunk, você quebrou o braço dela.

— Quebrei o braço dela porque ela se negou a me dizer a verdade — rosnou DeLuna, seu rosto contorcido ao passo que ele agarrava o ar com as duas mãos e quebrava de novo o braço de Lívia em sua mente. — Vadia de bosta!

— Isso não vai acabar bem.

— Do que você está falando? — DeLuna se voltou para Carlos.

— Você tem que ter cuidado. Se Lívia mudar a história dela enquanto estiver no hospital, podemos nos encrencar.

— Mais encrencado que eu já estou? — vociferou DeLuna. — Ela não vai mudar a história. Ela caiu da escada. É isso. Se ela mudar a história, aí ela vai cair mesmo da escada. Ela vai cair dum prédio.

— Os hematomas no rosto dela, os olhos roxos. Faz tudo parecer pior.

— Ela não vai mudar a história. Mas que merda tem de errado com você? A vadia vai voltar a andar na linha.

E, então, Carlos cometeu seu erro:

— Acho que você não conhece Lívia tão bem quanto você pensa — disse Carlos.

Qualquer processo de pensamento interativo que estivesse se passando na mente de DeLuna parou. Seu cérebro ficou em branco. Ele se virou, agora encarando Carlos diretamente.

— O que você acabou de dizer? — perguntou DeLuna com voz plana, fria.

Carlos também via um DeLuna diferente, mas decidiu que o amigo precisava de orientação.

— Chunk, ela não é mais aquela menina de dezesseis anos que saiu do conjunto habitacional. Olhe para ela. É uma mulher bonita. Ela está progredindo. Ela está se descobrindo.

Os músculos de DeLuna se enrijeciam debaixo da camisa justa de linho. Seus poderosos braços pulsavam, como um boxeador entrando no ringue, à expectativa da ação. A camisa estava ficando mais colada ao seu corpo. Carlos podia sentir a tensão aumentando. Ele precisava ajudar Chunk a passar por aquilo.

— Chunk, você ainda trata ela como se fosse uma criança. Quebra ela a pau quando você…

Carlos fez uma pausa, agora olhando para Chunk, cujo olho esquerdo começara a se contrair, piscando como se estivesse enviando uma mensagem codificada.

— Me diga o que você quer dizer — começou DeLuna, calmamente, sem trair a fúria em seu íntimo.

— Que merda! Você destruiu a pintura que ela fez do papagaio. Ela adorava aquele bicho.

— Aquele bicho me insultou. Ela estava dizendo coisas desleais para aquele papagaio — disse DeLuna, mal conseguindo espremer as palavras através de seu maxilar cerrado. — E o papagaio repetiu.

— E você não podia conversar com ela sobre isso?

— Não.

— Isso não é sobre a pintura ou o papagaio. É sobre Estêvão.

— "É sobre Estêvão" — repetiu DeLuna, usando um tom de voz infantil, zombando de Carlos.

— Ela estava mais orgulhosa daquele quadro do que de qualquer outra coisa que já tinha feito na vida.

— Era uma bosta de pintura de um pássaro.

— Não, Chunk; era mais do que isso. Era uma realização.

— Quem disse?

— Estêvão.

— Estêvão? — disse DeLuna com suspeita. — Estêvão quer trepar com ela; é claro que ele disse que a pintura dela era uma realização.

— Pense, Chunk. Até você tinha gostado do quadro, antes de não gostar. Você mesmo disse que estava orgulhoso do que ela estava fazendo, se aprimorando. Você ia arranjar o espaço para ela expor as obras.

— Eu estava errado — concluiu DeLuna e, a seguir, retorquiu: — Como diabos você sabe que Estêvão achava o quadro bom?

— Lívia me contou — disse Carlos, ciente de que estava pisando nas beiradas do ciúme que dominava o comportamento de DeLuna quando se tratava de Lívia. — Chunk, eu vou te dizer isso para o seu próprio bem — continuou Carlos, reunindo coragem para dizer o que ele sabia que lhe custaria caro. — Você está perdendo Lívia. Ela está crescendo. Você precisa dar espaço e apoiar ela.

Agora a cabeça de DeLuna doía. No topo, nos lados direito e esquerdo, a pressão era dolorosa. Seus dentes estavam tão apertados que Carlos podia ouvi-los ranger quando ele mexia o maxilar da esquerda para a direita. Os nós de seus dedos estavam saltados sob a pele branca de suas mãos à medida que esfregava uns contra os outros.

Carlos viu essas coisas por apenas um segundo. Ele já vira Chunk ferver antes. Isto era diferente. A panela de pressão começava a vibrar. O homenzinho estava prestes a explodir. O vulcáo que continuava abaixo da superfície tinha um núcleo fundido; empurrava a lava para cima, para a superfície. O autocontrole estava prestes a findar.

— Como você sabe essas coisas sobre a minha mulher? Como? — berrou DeLuna, saltando para cima de Carlos.

Mais tarde, quando o espancamento terminara, quando Carlos jazia amontoado, sangrando em cima do tapete caro, no solário de DeLuna com vista para o Atlântico, naquele dia perfeito, Chunk pensou consigo mesmo que Lívia ficaria aborrecida. Ela acabara de comprar aquele tapete.

31

— Lívia! — grasnou o papagaio. Era como se o pássaro soubesse.

Chunk DeLuna pôs a mão dentro da gaiola, ao mesmo tempo em que Lábios Enrugados saltou para um canto dela. Chunk meteu seu braço curto e forte mais para dentro, quase conseguindo agarrar o papagaio. Lábios Enrugados afundou seu bico na mão de Chunk, na pele macia entre o polegar e o indicador. Chunk urrou de dor, o sangue derramando do rasgo.

A gaiola ficava pendurada num gancho, fixado a um suporte de piso com dois metros de altura que formava um arco acima do ponto onde a gaiola pendia do gancho. Chunk agarrou a gaiola e a derrubou, jogando o suporte e a gaiola com violência contra o piso de mosaico de cerâmica.

A ave juntara firmemente suas penas ao corpo e rolou quando a gaiola atingiu o chão. Lábios Enrugados pulou quando DeLuna se inclinou por cima da gaiola, metendo novamente sua mão dentro dela, tentando alcançar a esquiva criatura alada da Amazônia. O pássaro pulou para um lado, depois para o outro, não mais falando, mas fazendo sons com a garganta. Ele não conseguia processar o que estava acontecendo.

Chunk ficou furioso porque não conseguia apanhar o pássaro.

— Eu vou te pegar, seu desgraçadinho!

— Babaca! — latiu Lábios Enrugados para DeLuna, enfurecendo-o ainda mais.

DeLuna laçou-se sobre a gaiola, tentando esmagá-la com seu peso. A estrutura de aço não cedeu. A ave tentou chegar à portinhola, mas a mão de DeLuna chegou lá primeiro e a agarrou. O pássaro de novo cravou o bico nas costas da mão dele, abrindo outro ferimento e forçando-o a afrouxar o aperto.

DeLuna catou a gaiola, puxou-a do gancho, ao qual ainda estava fixa mesmo depois de cair. Pressentindo a desgraça, o pássaro soltou um longo uivo, um som que sairia de um cachorro, não de um papagaio.

Quando DeLuna, arrastando a gaiola atrás de si, chegou até as portas francesas que levavam para o pátio, virou para a ave e disse:

— Vamos nadar um pouquinho.

Bem nesse momento, Lábios Enrugados pulou para cima e mordeu um dos dedos de DeLuna que seguravam a gaiola. O pássaro manteve o bico poderosamente apertado no osso do dedo indicador esquerdo de Chunk. DeLuna levantou a mão direita, já ensanguentada, e deu um forte tapa contra a gaiola, tentando assustar o pássaro e fazê-lo soltar.

Não funcionou. O pássaro havia travado o bico e não soltava o dedo de Chunk, que estava dobrado junto com os outros nos espaços entre as barras da gaiola.

— Você se acha durão? — disse DeLuna à ave. — Vamos ver quem solta primeiro — continuou Chunk ao arrastar a gaiola até a beira da piscina. — Tape o nariz! — Ele riu e balançou a gaiola sobre a água, à medida que pulava para dentro da piscina, na ponta que tinha dois metros e quarenta de profundidade. Pássaro, gaiola e DeLuna desapareceram sob a superfície.

Segundos se passaram. A água ficou avermelhada do sangue que se esvaía dos três ferimentos nas mãos de DeLuna. Era uma queda de braço entre dois cérebros de passarinho. Nunca antes um pássaro lutara tão bravamente pela vida. Nunca antes um homem se rebaixara a tamanha incompetência ou fora tão ludibriado por um pássaro.

O plano de DeLuna era pegar o pássaro de dentro da gaiola, em sua mão, e sufocá-lo. Daí, ele o colocaria de volta e deixaria Lívia encontrar Lábios Enrugados morto quando voltasse da aula de pintura.

Mais alguns segundos passaram. Repentinamente, a cabeça de DeLuna emergiu e, um momento depois, ele jogou a gaiola para o alto, para fora da água, sobre a borda da piscina. Uma encharcada e magrela criatura de aparência patética emergiu ainda grudada no dedo de DeLuna. Ele sabia que soltar aquele dedo troncudo significaria a morte. Então, tão ferozmente quanto lutara, Lábios Enrugados soltou o dedo e tombou, morto, sobre o fundo da gaiola.

Chunk, cuidadosamente puxou seu dedo, uma mixórdia ensanguentada, da barra de metal da gaiola. A pele ficou na barra. Lábios Enrugados havia arrancado a pele do dedo. Agora havia sangue por toda a parte, espirrando das veias dilaceradas. Um pequeno músculo pendia frouxamente do dedo, rompido de um tendão anexo.

— Bosta! Bosta! — gritou DeLuna tanto pela dor como pelo dano que o pássaro fizera às suas mãos. DeLuna também temia pela extensa laceração que o pássaro lhe causara nas mãos. Precisava ir para o hospital depressa. Sorte sua que ninguém estava em casa. Azar seu que havia planejado o assassinato de Lábios Enrugados daquela forma. Para se livrar do pássaro, para acabar com os insultos e para chamar a atenção de Lívia, Chunk planejara cuidadosamente o assassinato da ave.

Teria de ser um dia em que Lívia estivesse na aula de pintura.

— Tchau, Lábios Enrugados — dissera Lívia, ao sair pela porta.

— Tchau, Lívia — dissera Lábios Enrugados em resposta.

Era também a folga da empregada, e Chunk mandara o jardineiro ao viveiro comprar uma planta.

Lábios Enrugados pressentira o perigo desde cedo, quando a casa ficara vazia a não ser por ele e Chunk. O pássaro se movia nervosamente de um lado para outro, pulando para lá e para cá do poleiro central da gaiola. A portinhola era sempre deixada aberta, e Lábios Enrugados tinha a liberdade de vaguear por onde quisesse dentro da casa.

Naquele dia, ele ficara no local mais seguro; não se aventurara fora da gaiola.

Chunk passara várias vezes pela gaiola, olhando para dentro, para o pássaro.

— Hoje é o dia, babaca — dissera DeLuna, usando o cumprimento favorito do pássaro para ele.

— Babaca — repetiu a ave.

Chunk dera um safanão na lateral da gaiola. Colocara o rosto contra ela e rosnara. O pássaro dera um bote em DeLuna, seu bico se projetando para fora da gaiola e errando DeLuna por um triz, pois ele recuara.

O escárnio por parte de ambos continuara. DeLuna viera pouco tempo depois e rira do pássaro, dizendo:

— Lívia vai sentir saudade do passarinho dela. — Ele metera o dedo entre as barras, e o pássaro lhe dera uma bicada. Chunk puxara o dedo de volta, ao sentir a dor.

— Vá se ferrar, Chunk! — berrara o pássaro. — Vá se ferrar, babaca! — continuara ele, com a mesma entonação de Lívia, que havia ensinado essas expressões a Lábios Enrugados depois de sofrer espancamentos de Chunk.

Agora, o ato consumado, tirada a vida do neném de Lívia, outro assassinato cometido, DeLuna procurava gaze para envolver seu dedo. Precisava de um médico. Era um ferimento sério que precisava de cuidados, racionalizou, senão poderia perder o dedo.

Isso não era bom. Seu plano fracassara totalmente. Sufocar o pássaro teria parecido mais com uma morte natural. Lívia ainda assim o acusaria, mas somente ele saberia com certeza. Ele lhe compraria um pássaro substituto, mas mudo.

DeLuna simplesmente não conseguia realizar um assassinato limpo. Ele sempre fazia uma bagunça. Quer fosse um banho ácido para a filha de um senador, uma saraivada de balas para o inimigo ou uma decapitação para aquietar um concorrente, ele sempre fazia uma bagunça.

O jardineiro entrou na casa.

Aliviado, DeLuna disse:

— Preciso de ajuda, José.

José, ao ver a confusão, o sangue espalhado por toda a parte, em DeLuna, no piso, na piscina, e a gaiola do pássaro no *deck,* disse:

— O que aconteceu, patrão? — E, avistando o pássaro no fundo da gaiola, acrescentou: — Aquele é Lábios Enrugados?

— Sim — gemeu DeLuna.

— Que diabo aconteceu? — perguntou o jardineiro.

32

DeLuna gemeu, sentado no chão, ensopado de sangue. Um arrepio lhe percorreu o corpo. Não estava morto. Fora um pesadelo. Ele estava olhando para si mesmo, numa poça de sangue. Não sabia quem o matara, mas sabia que podia ter sido qualquer um dentre inúmeras pessoas. E Carlos sabia! Carlos sabia quem o matara. Mas por que DeLuna não sabia quem o matara?

O pesadelo começava a se desvanecer, como fazem todos os sonhos, voltando para o inconsciente. Mas DeLuna não se esqueceria deste sonho. Era horrível, como aquele que tivera na semana anterior, quando matara Lábios Enrugados. Ele sonhou que o pássaro quase decepara seu dedo e que ele o afogara. Bem, por causa do dedo, e também por xingá-lo o tempo todo. Daí, DeLuna olhou para o curativo em sua mão; seu dedo de fato fora quase decepado. Não era um sonho — ele havia matado o pássaro. Mas por que sua mão e seu peito estavam cobertos de sangue? Por que havia sangue no chão?

Ele estava com problemas; sua mente estava sob tanta pressão que não conseguia distinguir a realidade do sonho. Nunca tivera pesadelos assim antes. Não antes do desabamento do estádio — a partir de então, tivera uma série de sonhos de menininhos gritando por socorro, agarrando-se ao estádio que ruía, e depois os via cair. Não na água, mas no fogo. Estavam caindo no inferno? Pela primeira vez imaginou se era ele quem se segurava. Era ele quem caía no fogo do inferno? Os sonhos estavam piorando, e ele estava tendo mais dificuldade para dormir.

Era quarta-feira? Ele não saltou da cama. Foi uma luta; ele desejava muito dormir mais, um sono reparador. Um dia na praia seria de ajuda. Poderia cochilar na areia. Só que ele não estava dormindo, não estava sonhando. DeLuna estava coberto de seu próprio sangue. Levara um tiro. Estava morrendo. Estava perdendo a consciência.

A maré estava baixando para Chunk DeLuna. Ele viu a si mesmo sentado na beira do mar.

De repente, sentiu uma faca em sua garganta.

— Entregue o dinheiro, ou está morto — disse a voz.

DeLuna, num movimento rápido como relâmpago, levou sua mão esquerda até o pulso que segurava a faca e, um nanossegundo depois, seu braço direito se estendeu por baixo do corpo da pessoa que empunhava a faca e o fez revirar por cima de sua cabeça, batendo as costas do pretenso ladrão contra a areia úmida com um baque forte.

— Ai! — berrou a pessoa que empunhava a faca.

Em mais um segundo, DeLuna estava sobre seu peito, erguendo o punho, quando viu o rosto de um adolescente.

— Você é louco? — disse DeLuna, notando que a faca caíra da mão do menino. Ele apanhou o canivete e o fechou. Deu um tapa no rosto do menino. — Você me ouviu?

— Ai! — uivou ele mais uma vez. — Eu te ouvi. Saia de cima de mim, merda!

DeLuna deu mais cinco tapas em rápida sucessão no menino; daí, abriu a faca e colocou-a à garganta dele, cortando-a de leve e tirando um pouco de sangue.

Um casal que caminhava à beira do mar, a cerca de cinquenta metros dali, eram as únicas outras pessoas na praia. Espiaram o rapaz e o homem e pensaram que talvez fossem irmãos brincando. Ambos eram mais ou menos do mesmo tamanho e vestiam apenas bermudas cáqui.

Sumira do menino a fanfarronice de um momento antes. Sentindo a dor do corte em sua garganta e vendo a ira em DeLuna, disse:

— Por favor, não me mate. — Ele fora dominado pelo medo.

— Seu palhaço, você não faz ideia com quem está se metendo! — gritou DeLuna. O casal que caminhava ouviu a fúria na voz de DeLuna e apressou o passo, percebendo que sucedia algo mais que amor fraternal. — Responda! — disse DeLuna novamente, em alta voz.

— Eu sei quem você é. Eu te vejo nas quartas. Sigo você até o carrão. Eu sei que você tem dinheiro e eu não tenho.

— Mas você não sabe quem eu sou?

— Não — disse o menino, confuso. — Meu nome é Thiago; qual é o seu?

— O que você está fazendo aqui? Por que não está na escola? — exigiu saber DeLuna, o qual abandonara os estudos no quinto ano, saindo de cima do peito do menino.

— Escola? Não me faz rir!

— O quê? Levante. Deixe eu te olhar.

O menino fez o que foi mandado. Tinha a mesma altura que DeLuna, musculoso, mas magro.

— Eu perguntei o que tem de engraçado na escola?

— Nada — riu o menino. — Mas quem vai me fazer ir para a aula?

— E o seus pais? Onde você mora?

— Você é algum tipo de veadinho?

DeLuna esbofeteou o menino de novo, desta vez não só com a mão espalmada, mas com a base de sua mão e o pulso. O menino caiu ao chão.

— Vamos lá, banque o espertinho de novo e vou te bater para valer — disse DeLuna, em pé, ameaçadoramente, sobre o menino. O menino ficou no chão; lágrimas se formaram em seus olhos, mas ele estava determinado a não deixar que DeLuna o visse chorar. Não podia demonstrar fraqueza.

DeLuna, que se alimentava dos temores das pessoas, podia detectar o medo. Podia farejá-lo como um animal. Ele viu medo no menino pela inclinação de sua cabeça, pela posição das suas mãos. Seus dedos plantados na areia não se firmavam para que se levantasse e, quando o menino olhou para cima, DeLuna viu o brilho de lágrimas sendo contidas.

— Levante, seu bebezão — gritou DeLuna com ele.

O menino começou a tremer — de medo, de falta de alimento, de fraqueza.

— Desculpa — disse, com lágrimas escorrendo pelas suas bochechas.

DeLuna ficou face a face com o menino, que agora soluçava. Encostou-se a DeLuna, apoiando a cabeça no ombro dele, e começou a chorar.

****

DeLuna, a própria alma da compaixão, deixou o menino se apoiar nele por um momento.

— Está bem, pare de se comportar como um bebê — disse DeLuna, empurrando o menino para trás, sem tê-lo abraçado. — Sente.

Quando o menino havia sentado na areia, DeLuna sentou ao lado dele. Vendo por trás aquelas duas figuras sentadas na praia, a diferença entre eles se tornava mais evidente. DeLuna tinha quase o dobro da largura do menino.

— Então você quer ser um cara durão. Onde arranjou essa faca? — disse DeLuna, estendendo a arma na frente dele.

— Eu peguei.

— De quem? — perguntou DeLuna.

— De uma loja.

— Isso é furto. Quando você pega, quer dizer que deu uma surra no dono da coisa.

— Hã?

— Não é a mesma coisa.

— Não entendi.

— Você tem muito que aprender.

— Você pode me devolver minha faca agora? — disse o menino, agora se levantando.

224

— Sente — ordenou DeLuna. — A faca não é sua. É minha. Eu peguei.

O criminoso e o projeto de criminoso ficaram sentados na areia, conversando, ao passo que a maré recuou mais uns sessenta metros. Eles conversavam na praia de Boa Viagem, a sessenta metros do mar e a sessenta metros das bancas de água de coco ao longo da avenida. Só os dois, conversando por três horas; primeiro, sobre como o menino viera a estar ali naquele dia e depois, mais genericamente, sobre a vida. Era um diálogo sobre a vida que Chunk deixara para trás vinte anos antes. Quando Chunk tinha quatorze, a narrativa da sua vida havia mudado; ele se tornara quem era atualmente ao conhecer Carlos, Raphael, Pedro e Paulo. Até aquele ponto, sua vida não tomara forma. Daí, aos quatorze, ele se transformou em líder de gangue e, depois, no bandido que se tornaria. Por um momento, na praia, ele se perguntou: "E se?" E se ele não tivesse encontrado aqueles meninos nem se tornado o líder deles? Ali estava um menino muito parecido com ele. Aonde a vida dele iria a partir daquele ponto?

— Você falou que o seu nome é Thiago? — disse DeLuna ao menino.

O menino ficou sentado, quieto, sem falar.

— Seu nome completo? — disse DeLuna.

— Thiago Lima — respondeu ele.

— E de onde você é? — disse DeLuna, tomando um gole de cerveja de uma das quatro garrafas que havia "adquirido" mais cedo.

— Manaus — disse o menino.

— Manaus — respondeu DeLuna, não perguntando, apenas repetindo a palavra.

— Isso. — Thiago acrescentou: — Você nunca deve ter ouvido falar. É na Amazônia.

— Quem você pensa que eu sou? — disse DeLuna, cheio de confiança. — É claro que já ouvi falar. Já estive lá muitas vezes.

— Sério? — respondeu o menino.

DeLuna respondeu a pergunta com outra:

— Então, o que você está fazendo aqui?

— O meu pai — ele trabalhava num barco que transportava banana pelo rio. Ele me trouxe junto e, quando chegamos em Belém, ele não queria voltar.

"Incrível", pensou DeLuna, "outro pai que levou seu filho e colocou ele na mesma situação ruim."

— Então, cadê o seu pai?

— Ele está em Belém.

DeLuna conhecia Belém; conhecia seu lado sórdido, onde ele possuía vários bordéis, um cassino flutuante dentro de um antigo navio de cruzeiros e uma operação de tráfico que cobria todo o extremo nordeste do Brasil. Onde o Amazonas se abria num gigantesco delta, entre Macapá e Belém, DeLuna tinha um enorme empreendimento criminoso, menor apenas que seu quartel-general em Recife.

— Por que você não está lá com ele? — pressionou DeLuna.

— É uma longa história — disse Thiago, e deixou pender a cabeça.

— Não banque o espertinho — rosnou DeLuna. — Você é novo demais para ter uma longa história.

— Quase quatorze.

— Quase morto, querendo colocar uma faca no meu pescoço.

O menino se afastou um pouco de DeLuna, o qual estava sentado com os braços envolvendo os joelhos. Houve uma pausa — um silêncio que deu oportunidade aos dois para continuar a conversa.

— Vá falando — disse DeLuna, depois de um tempo.

— Ele estava louco. Ele odiava a floresta, odiava colher bananas. E ele tinha razão sobre isso — disse Thiago. — É de matar. Ele me fez colher junto com ele no último ano.

Um vendedor veio pela praia numa bicicleta, com um grande isopor encaixado no meio do guidão. Ele ofereceu churrasquinho e bebidas, e os dois compraram um espetinho de carne cada um. Chunk comprou quatro cervejas e deu uma ao menino.

Quando o vendedor seguiu pedalando, o menino disse:

— Ele não te cobrou?

— Ele me conhece — disse DeLuna, roendo a carne.

— Como assim?

— A praia é minha. Eu deixo ele vender aqui.

O menino olhou para DeLuna e sorriu.

— A praia não é sua.

— É, sim.

— A praia é pública.

— Sim, eu deixo as pessoas usarem a praia.

— Você é doido — disse o menino, e Chunk lhe bateu com as costas da mão.

— Ai! Isso doeu — gritou ele.

— Continue a sua história.

Thiago arrancou um pedaço de carne do espetinho, pensou por um momento e começou novamente.

— A gente escalava as bananeiras, cortava os cachos, carregava em carrinhos, colocava os carrinhos nos barcos, descia o rio com o dono do barco, descarregava todas as bananas, empurrava os carrinhos até a feira e vendia as bananas. Eu odiava.

— Para que produtor vocês trabalhavam?

— A gente não trabalhava para um produtor. Era para o dono do barco.

— Isso não faz sentido.

— Tinha quatro outros caras que nem o meu pai no barco. Todos eles tinham acertos com os capatazes da plantação ou com os seguranças. Eles deixavam a gente entrar, levar centenas de pencas de banana, por um preço.

Chunk gostou do som daquilo: empreendedores como ele.

— Então, o que aconteceu? Parece um bom negócio.

— Meu pai se embebedava o tempo todo — ele, o dono do barco e os outros quatro caras. Depois de vender as bananas, eles saíam toda noite para encher a cara.

— E onde você ficava?

— No barco.

— Cadê a sua mãe?

— Ela morreu. Eu tenho outra mãe... — Thiago hesitou. Era a primeira vez que dizia aquilo. Ele continuou: — A namorada do meu pai, em Manaus. Nós ficamos na casa dela quando voltamos para Manaus.

— Ela deixa você viver assim?

— Ela não tem escolha. O meu pai simplesmente começou a me levar junto. Era para ser um mês de cada vez. Foi empolgante — da primeira vez.

Uma brisa veio e os refrigerou do calor do Sol da tarde. Desta vez, o silêncio durou mais. DeLuna se sentiu como se estivesse no meio de um filme. Tentou adivinhar que rumo a história tomaria. Sentiu como se uma luz acendesse dentro dele, como devia acontecer com Carlos e suas ideias. DeLuna sempre agia tão rápido; a história nunca se desenvolvia. O mundo de DeLuna não exigia pensamento; só ação.

O menino estava olhando para DeLuna. Percebendo isso, Chunk olhou para ele. Estava chorando, lágrimas escorrendo pela sua face.

— O que foi?

— Os homens no barco com o meu pai — eles voltavam para o barco bêbados, cantando, gritando. Normalmente tinha mulheres com eles. Eles passavam a noite inteira acordados, transando na cozinha do barco, bem onde a gente comia. — Ele fez uma pausa, um tremor percorreu o seu corpo. — Eu não conseguia dormir na maioria daquelas noites e só ficava quieto no quarto que dividia com o meu pai.

O menino estremeceu novamente, seus ombros subiam e desciam.

— Você olhava o que eles faziam? — indagou DeLuna, perguntando-se se Thiago estaria aprendendo sobre os hábitos sexuais dos homens e das mulheres.

— Não, eu odiava o barulho. Eu colocava coisas por cima, para tapar a minha cabeça. As mulheres gritavam. — Ele pausou, inspirou profundamente e suspirou. — Mas quando eles voltavam para o barco com mulheres não era o pior. — Thiago fez outra pausa, seguida de soluços, mais tremores e suspiros. DeLuna se sentiu mal pelo menino. — O pior era quando eles voltavam para o barco sem mulheres.

— Qual era o problema com isso?

— Porque aí eles vinham atrás de mim.

A cabeça de DeLuna virou rapidamente para a direita. Estava encarando o menino; seus olhos bem abertos e penetrantes.

— Como assim, eles vinham atrás de você?

— Dois deles entravam no meu quarto, sempre os mesmos dois. Eles tapavam a minha boca e me pegavam. — Thiago viu a interrogação no rosto de DeLuna. — Sabe, lá embaixo — disse, apontando para suas partes íntimas.

DeLuna deixou sua cabeça cair para a frente, compreendendo, e depois a ergueu rapidamente de novo.

— Onde estava o seu pai?

— Naquelas noites, ele dormia em outra cabine.

— Ele sabia? — exigiu saber um enfurecido DeLuna.

Thiago acenou a cabeça.

— Ele me vendia para eles.

O silêncio que interrompeu a conversa teria sido ensurdecedor, não fosse pelos contínuos soluços de Thiago e um profundo, prolongado rosnado, algum lugar no íntimo de DeLuna.

— Uma noite, eles estavam tão bêbados que trataram sobre o meu preço do outro lado da porta. O meu pai tinha aumentado o meu preço, e eles não gostaram. Eles discutiram. Daí, ficou muito barulhento. Eles brigaram. Mataram o meu pai e vieram atrás de mim. Estavam tão bêbados que nem fecharam a porta. Enquanto eles faziam comigo no escuro, eu podia ver o meu pai deitado no próprio sangue do lado de fora do quarto.

Chunk se aproximou do menino e colocou o braço em volta dos ombros dele. O menino se afastou. DeLuna entendeu.

Ele contou a DeLuna que nunca mais vira o pai. Os homens abusaram dele vez após vez a noite inteira. Trouxeram os outros três, todos pisoteando o corpo de seu pai, como se nem estivesse ali. Quando terminaram, trancaram o menino no quarto. Ele desmaiou de exaustão e acordou em algum momento na tarde seguinte.

— Não tinha nenhum barulho no barco. Eu estava muito machucado. Imaginei que eles iam me matar naquela noite. Eu tinha mordidas por todo o corpo, minha bunda estava sangrando e eu ainda podia sentir o gosto deles na minha boca. Eu sabia que estava morto se não caísse fora.

— Meu Deus! — disse DeLuna, em voz alta, contraindo o corpo várias vezes conforme o menino lhe descrevia o estupro. — Como você escapou?

— Eles se deram bem naquela noite. Eles voltaram com mulheres. Depois que elas foram embora, eu ouvi a porta abrir. Eu peguei a minha faca.

— Esta faca? — disse DeLuna, exibindo-a.

— Sim. Quando a porta abriu, estava escuro, mas eu pude ver que era só um deles. Ele estava cuidando para não fazer barulho. Ele entrou e fechou a porta. Estava totalmente escuro no quarto. Ele tropeçou e caiu na cama, por cima de mim. Eu comecei a dizer Não para ele, e ele me disse: "Fique quieto!" Eu dei uma facada nas costas dele. Ele começou a fazer barulho, então eu cortei a garganta dele. O barulho parou, mas ele era do tipo que sangra muito. Sangrou um monte por cima de mim. Eu meti a mão nos bolsos dele e achei dinheiro. Saí de fininho do quarto e subi as escadas. Ninguém estava acordado. Eu saí do barco, fui até a praia e fiquei no mar, tentando limpar os vestígios deles e o sangue de mim.

— Sinistro, muito sinistro — disse DeLuna, seu maxilar endurecido de repulsa. Thiago continuou a soluçar.

O Sol estava mais baixo no céu ocidental, e DeLuna e o menino estavam voltados para o leste, para o Atlântico. Ficaram sentados, em silêncio, quando o vento ficou mais forte e um arrepio sacudiu Thiago.

— Quando eu te perguntei onde estava seu pai, você disse que ele estava em Belém. Por que não me disse que ele estava morto?

— Ele está em Belém. Se eu te falasse que ele está morto, você ia fazer um monte de perguntas — respondeu Thiago, inclinando-se para a frente, envolvendo os joelhos com seus braços e apoiando o queixo neles.

— Eu fiz um monte de perguntas mesmo assim — disse DeLuna, querendo avançar. — Quando aconteceu tudo isso?

— Faz uns dois meses.

— Você procurou a polícia?

— Não.

— Por que não? Eles mataram seu pai.

— Para quê? Eles com certeza sumiram logo que acordaram e viram que eu tinha escapado. Eu é que ia estar na cadeia por matar um deles.

— Não, não, você era inocente — protestou DeLuna, pronto a defender o menino. — Você só fez o que precisava para sobreviver — disse, com empatia.

Houve um breve silêncio, e DeLuna perguntou:

— Como você veio parar aqui? Belém fica bem longe.

— Caminhoneiros. Vários caminhoneiros — disse Thiago, fixando o olhar à distância, no mar, e então se voltou para DeLuna. — Eu não queria vir para cá. Eu só queria sair de lá. Depois de uns dias em vários caminhões, eu não fazia ideia de onde estava indo. Mas eu sempre via placas na estrada, dizendo: "Recife." Então eu continuei vindo para cá. Eu tinha ouvido falar de Recife. Eu sabia que era uma cidade grande e rica. Faz seis semanas que cheguei.

— E você ainda está sozinho, não tem uma gangue?

— Ainda não.

— Como você vive?

— Eu peço esmola, roubo. Eu estava de olho em você desde o início. Você vem aqui toda quarta. Daí, eu segui você até o carro algumas vezes. Eu sabia que você tinha dinheiro.

— Que burrice! Você é idiota. Você tenta me roubar, e eu só estou de bermuda. Onde você acha que está o meu dinheiro? Nas orelhas? — disse, alcançando para o menino a última das quatro cervejas.

— Eu estava planejando te seguir até o carro. Mas faz três dias que eu não como. Eu estava com tanta fome que precisava do dinheiro naquele instante.

O vendedor de bicicleta passou novamente. Chunk perguntou ao menino se queria algo.

— Claro, mais churrasquinho e outra cerveja.

— Chega de cerveja para você. Um refri e outro espetinho. Melhor, dois espetinhos, um refri e mais quatro cervejas — disse DeLuna ao vendedor.

Depois de alcançar o pedido, o vendedor, de vinte e tantos anos, agradeceu a DeLuna e seguiu pedalando, novamente sem ser pago.

— Não parece certo não pagar ele — disse Thiago.

— Você quer pagar? Eu chamo ele de volta — desafiou DeLuna.

— Aquele cara precisa ganhar dinheiro. Você é um babaca por não pagar ele.

— Olhe a boca — rosnou DeLuna, dando um tapa na cabeça do menino e arrancando outra mordida do churrasquinho. — Eu estava começando a gostar de você.

— Eu sabia; você é um veado.

Chunk bateu nele de novo, com menos força desta vez. DeLuna largou a comida e saltou sobre o menino, começou a se engalfinhar com ele e a rir. DeLuna segurou o menino no chão e olhou para ele, rindo novamente. Via nele alguém que conhecia.

O menino também riu. Não conseguia lembrar quando fora a última vez que havia rido.

****

Trinta e seis anos antes, Raul DeLuna saíra de sua cidade nativa de Recife para trabalhar para um engenheiro rico que queria um empregado para sua família ao se mudar para Porto Rico a fim de construir condomínios à beira da praia de Isla Verde. Raul se casou com uma moça porto-riquenha e teve dois filhos: uma menina, Silvana, e um menino, Juan. Sua esposa morreu no parto de Juan. Ele criou as crianças com a ajuda da tia porto-riquenha de Silvana, Carmen.

Raul DeLuna não era comprometido com Porto Rico e, quando surgiu a oportunidade, pegou seu filho e voltou ao Brasil, deixando sua filha para ser criada pela tia materna. As circunstâncias da partida de DeLuna se desenvolveram durante uma noite em que, Santa Alba, amiga de sua filha, Silvana, estava dormindo na casa deles. Santa, de quatorze anos, acordou no meio da noite, vendo o filho de treze anos de DeLuna, Juan, em cima dela, afastando suas pernas. Ela gritou. O incidente teria terminado assim, mas Santa Alba, a jovem Miss Coamo, começou a espalhar e aumentar o assunto. Juan "Chunk"

DeLuna tornou-se um pária em Coamo, uma pequena cidade no morro. É impressionante como o rumor se espalhou rápido, mesmo antes da era das redes sociais, na cidadezinha de vinte mil habitantes; como a curiosidade sexual de um menino de treze anos veio ao conhecimento de mais da metade da população; e como o curioso foi rotulado de "molestador de crianças", apesar de ele mesmo ser uma.

Após alguns meses, sem conseguir mudar a história, reabilitar a reputação do filho ou apaziguar a ira de sua própria filha, Silvana, Raul tomou Chunk e partiu. Não foi capaz de fazer as pazes com a tia das crianças, Carmen, que o considerava responsável pelo comportamento do filho.

— Desde que a mãe dele morreu, você traz uma vagabunda diferente para a cama cada noite. O que o menino pode pensar?

Não era um bom momento para voltar ao Brasil. O país estava afundado na recessão; os empregos eram escassos. Raul aceitou o único emprego que pôde encontrar — num barco que transportava bananas, trabalhando nas plantações do Amazonas. Ele estabeleceu sua base de operação em Manaus, com uma namorada; e quando a namorada se cansou de cuidar do filho dele, Chunk, enquanto Raul ficava fora por semanas cada vez que saía no barco, ele levou o menino junto consigo. Juan tinha treze anos; podia ajudar com o trabalho no barco. E isso prenunciou a condenação de Raul: ele foi assassinado pelos seus colegas do barco, negociando quanto lhe pagariam para vender Juan como escravo sexual para eles. Fugindo de sua "prisão" no barco, Chunk DeLuna começou a se defender, de início pedindo e mendigando, depois roubando e, por fim, iniciando sua gangue. Chunk DeLuna não passaria fome novamente.

33

A vida de Chunk DeLuna chegara ao fim. Jazia numa poça de seu próprio sangue em seu escritório na fábrica de concreto da CDL em Olinda.

O faxineiro que entrou às sete horas da manhã descobriu o corpo e chamou a polícia. O detetive, que chegou com três outros policiais, determinou que ele fora baleado várias vezes no torso. Tenente Oscar Barcelos, o detetive, estava bem familiarizado com Chunk DeLuna. No início, Barcelos prendera DeLuna diversas vezes, apenas para vê-lo posto em liberdade, pois as acusações eram invariavelmente abandonadas. Com o tempo, Barcelos descobriu a influência que DeLuna exercia, mesmo quando jovem.

Após anos, cansado de lutar contra a corrupção, Barcelos se uniu a ela — não de maneira muito grave. Ele apenas fazia vista grossa a alguns crimes, fora adicionado a uma folha de pagamento semanal de subornos e, por fim, dissera a DeLuna:

— Eu só vou fazer vista grossa até certo ponto. Se você cometer um crime grave na minha cidade, você vai preso.

Drogas, apostas e prostituição não eram crimes graves para Barcelos; assassinato, sim.

Agora jazia diante dele seu benfeitor e inimigo. Assassinado. Este era um crime sério para Barcelos. Nos dias a seguir, ele principiou a compilar uma lista de suspeitos, muitos dos quais podia puxar da memória. A lista de suspeitos incluía o traficante de Salvador cuja irmã DeLuna decapitara; o senador do Estado do

Amazonas cuja filha DeLuna matara num banho ácido; familiares de ex-presidentes da Concreto Olinda que haviam sofrido um fim violento; e líderes de gangues rivais cujos membros haviam sido assassinados — baleados, enforcados, afogados — por DeLuna em confrontos devido ao tráfico, prostituição e apostas. Membros da própria gangue de DeLuna tinham motivo. Carlos aparecia no topo da lista do Detetive Barcelos, pois quando este foi tomar seu depoimento, os resultados do terrível espancamento que DeLuna lhe administrara num acesso de fúria eram bem visíveis.

— Eu caí de um lance de escadas — contou Carlos a Barcelos, o qual sabia que o caso era outro. Ele soubera do espancamento de um informante na gangue de DeLuna.

— Valeu a tentativa, Carlos — respondeu Barcelos. Ele conhecia Carlos muito bem. Era ele, ou às vezes Raphael, quem lhe fazia o pagamento semanal. O Carlos que ele viu no dia do depoimento era um homem diferente da pessoa confiante e jovial que ele conhecia.

Foi Carlos quem ajudou a colocar Barcelos na direção certa para procurar o assassino de DeLuna. Não tanto por lhe dizer onde procurar, mas por dizer:

— Você me pergunta quem matou o chefe? Não foi nenhum de nós, e não foram os rivais dele. Todos nós tínhamos muito medo do que ia acontecer se não tivéssemos sucesso. Eu e os rapazes — a gente amava e odiava ele. Ele salvou a gente de não ser nada. Mas ele era duro quando a gente pisava na bola ou confrontava ele.

Bem naquele momento, Carlos fez um gesto, meio que indicando sua aparência. Não apontando para si, mas seus dedos se moveram um pouquinho para dentro, na direção dele mesmo, de maneira quase desintencional. Barcelos notou isso e soube a verdade.

Barcelos continuou a conversa com ele:

— Então, se não foi um membro da gangue nem um rival, talvez alguém mais achegado? Quatro tiros, disparados de perto, de frente para DeLuna. Alguém que ele conhecia, alguém em quem confiava talvez? — Carlos não disse mais nada.

A seguir, Barcelos conversou com Lívia. Havia um hematoma fraco ao lado de seu olho esquerdo. "Um soco de DeLuna", pensou ele. Mas, depois de uma hora de conversa com Lívia, Barcelos concluiu que não fora ela. Embora ela houvesse expressado que estava ficando cansada dos modos dele, era grata por tudo o que DeLuna fizera por ela. Barcelos viu genuíno sentimento de perda; ela não matara DeLuna.

Barcelos incansavelmente seguiu pistas por alguns meses. Ouviu histórias de partir o coração, contadas por parentes de pessoas que DeLuna abatera de uma forma ou outra, mas nenhum suspeito principal veio à tona na investigação. Cinco meses depois que DeLuna fora morto, Barcelos não tinha nada além de histórias verossímeis ("Eu queria matar ele, mas aí eu seria igual a ele", dissera o pai de uma prostituta assassinada) ou álibis.

No sexto mês, quando Barcelos começou a encaixotar suas anotações e arquivos para armazenar como caso arquivado, leu todas as anotações dos primeiros depoimentos mais uma vez. Algo no depoimento de Carlos, nas anotações que fizera, chamou a atenção de Barcelos: "C. parece indicar que não foi ninguém da gangue nem rivais. Não disse, mas talvez saiba mais?"

Barcelos lembrou-se de ter escrito aquilo. Ele não dera seguimento com Carlos. Na época, acreditara que Carlos lhe dizia onde não procurar. Estúpido. Se ele sabia onde não procurar, provavelmente também sabia onde procurar.

Carlos aceitou vir até a sede da polícia, na praça no alto do platô de Olinda, do lado oposto da rua em relação à igreja de São Pedro. Barcelos o observou de seu escritório enquanto se aproximava do prédio. O rosto dele estava curado, e havia novamente aquele gingado no seu caminhar.

Nos meses desde quando DeLuna fora morto, o crime diminuíra significativamente em Olinda e ao redor. Pela primeira vez em anos, nenhum assassinato fora registrado nos três meses anteriores. Àquela altura, Barcelos deixara de receber subornos semanais. Carlos, que assumira a gangue após o falecimento de DeLuna, conhecia as regras e jogava muito melhor com os outros.

— Depois que o seu chefe foi morto — começou Barcelos, depois de terem apertado as mãos, com um pouco de constrangimento entre os antigos pagador e recebedor —, quando a gente conversou, você me disse onde não procurar: nem na gangue nem entre os inimigos.

— Isso mesmo; eu me lembro disso.

— Eu pensei na época que, com essa dica, a resposta de quem matou DeLuna ficaria evidente para mim. Mas não ficou.

— É verdade. Eu achei que você ia descobrir bem rápido.

— Mas eu não descobri.

— Não descobriu. Exatamente.

— Pois agora eu preciso da sua ajuda. Você sabia quem não matou DeLuna. Então, eu devia ter feito a pergunta óbvia: Quem matou?

— Na época, eu não me importava se você descobrisse. Eu estava com raiva. Chunk estava morto.

— E agora? — perguntou Barcelos.

— As coisas mudaram, Oscar.

— Esclareça para mim. — Para estabelecer o decoro adequado, Barcelos acrescentou: — E, Carlos, nunca me chame de Oscar aqui dentro. É Tenente Barcelos.

— Sim.

— Então, esclareça para mim.

— Você não pode fazer nada a respeito do que eu revelar. As coisas mudaram. As vidas de pessoas mudaram — para melhor.

— Quem decide isso sou eu — declarou Barcelos, com bastante firmeza.

— Não, nós estamos todos juntos nisso. Eu posso revelar. Você não vai conseguir nem vai querer provar. Mas, Tenente — disse Carlos, enfatizando a palavra "Tenente" de modo um tanto sarcástico —, eu preciso que me dê a sua palavra que nada vai acontecer com a pessoa que matou Chunk.

— Você conhece as minhas regras. Quase qualquer coisa passa, mas não assassinato! — disse Barcelos, erguendo-se um pouco da cadeira, inclinando-se para a frente e enfatizando a palavra "assassinato".

— Você não vai encarar isso como um assassinato — disse Carlos, calmamente.

Ñ Assassinato é assassinato. Tirar a vida de outra pessoa é assassinato.

— Você define um limite estranho, detetive. Fazer alguém ficar viciado em drogas pelo resto da vida é praticamente a mesma coisa.

— Não venha querer me dar sermão. Essas pessoas estão fazendo uma escolha. Assassinato é definitivo. Nem DeLuna teve escolha. Tiraram a vida dele.

— Ele era meu irmão, meu pai. Chunk era tudo para mim. Mas ele fez muitas coisas erradas na vida dele, mais que qualquer um de nós. Mais que todos nós. Mais que qualquer um de nós esperava.

— O que você está dizendo? — perguntou Barcelos, intrigado com o que Carlos tentava lhe dizer.

— Ele passou da linha; passou muito da linha. Tantas vezes que todos nós sabíamos que isso ia acontecer um dia. Não que a gente quisesse ver Chunk morto — ele era fundamental para a nossa operação.

— Você quer dizer a violência dele.

Carlos assentiu com a cabeça.

— A habilidade que ele tinha de fazer o que fosse necessário para impor sua vontade. E, sim, frequentemente era por meio de violência.

— E...?

— E o que todos sabíamos que ia acontecer aconteceu. Mas as pessoas envolvidas não são gente ruim. São pessoas boas. Isso talvez seja a única coisa ruim que fizeram na vida.

— Carlos, isso não importa. A lei é a lei. Assassinato é assassinato. Pior que todos os outros crimes juntos. Se você rouba, pode restituir. Se você joga ou dorme com prostitutas, pode parar. Se você é viciado em drogas, pode procurar ajuda. Mas assassinato... — O detetive transformou a afirmação numa pergunta para Carlos: — O que você pode fazer para compensar um assassinato?

Os dois homens olharam um para o outro. Nenhum deles mudaria de ideia. Carlos se recusava a contar ao detetive o que acontecera e quem matara DeLuna a menos que Barcelos prometesse que não tomaria ação a respeito.

Recusando-se a ceder, Barcelos, manteve o caso aberto. Colocou mais policiais vigiando Carlos e Lívia durante os dois meses seguintes.

Carlos continuou com o negócio. As apostas e a prostituição eram um mercado em crescimento, e o tráfico se tornara mais difundido com gangues rivais se introduzindo em Recife e Olinda. O Detetive Barcelos atribuiu isso à ausência de DeLuna. A taxa de assassinatos começava a subir à medida que gangues rivais lutavam por território. De maneira muito surpreendente, o negócio de concreto da CDL florescia graças a um estudo pelo Comitê Olímpico e uma investigação pelo Estado de Pernambuco a respeito do desabamento parcial da Arena da Amazônia e do papel da Concreto CDL no desastre. Tanto o estudo como a investigação estadual exoneraram a Concreto CDL e declararam que a empresa não podia ter sabido a respeito da influência erosiva do rio subterrâneo na formação de pedra calcária que suportava o grande peso do estádio. A investigação concluiu que o agrimensor que dissera que o solo estava cedendo queria se vingar por sua demissão. Em nenhum de todos os documentos da administração do projeto do estádio de Manaus havia qualquer agrimensura que fosse sequer um milímetro diferente das leituras originais feitas em 2010.

O Detetive Barcelos sentia mais apreço por DeLuna ao passo que sua mesa ficava cheia de homicídios não resolvidos. Com DeLuna, havia uma mesmice, uma mesmice sádica nos assassinatos, e eles só ocorriam fora de Olinda. DeLuna jogava pelas regras de Barcelos: "Qualquer coisa menos assassinatos na minha cidade." Barcelos pensava: "Esses novos bandidos matam por capricho. Não mandam nenhuma mensagem." Sempre havia um propósito por trás das mortes de DeLuna; elas sempre mandavam uma mensagem. Ele não era impulsivo; planejava e executava. Barcelos suspirou, com saudades dos bons e velhos tempos.

Quanto a Lívia Cavalcanti, o retorno que Barcelos recebeu foi que ela tinha uma existência rotineira. Continuava a pintar, havia se mudado para um prédio de frente para o Atlântico que possuía na praia de Boa Viagem.

O Detetive Barcelos pensou sobre essas informações. Lívia era uma mulher linda, ainda não tinha trinta anos. O relatório dizia que seu professor de pintura, um senhor mais velho chamado Estêvão Araújo, ficava no apartamento de Lívia uma noite por semana. No entanto, ele permanecia casado, um casamento bem-sucedido de longa data, ficaram sabendo os policiais.

— Que cachorro velho sortudo! — disse Barcelos em voz alta, embalando os arquivos numa caixa de papelão e escrevendo "DeLuna — caso arquivado" do lado de fora.

34

Fazia oito meses que Chunk DeLuna fora assassinado. Lívia transformara a casa à beira-mar onde ela e Chunk haviam morado numa galeria de arte para Estêvão Araújo. Carros fluíam pela entrada sinuosa que levava até a frente circular da casa. Um estacionamento fora adicionado à esquerda e ficava cheio, à medida que patronos das artes afluíam para ver as obras do recém-proclamado "Picasso brasileiro perdido".

O *Notícias do Recife* publicara um artigo no caderno de artes da semana anterior a respeito do "refinado tesouro de obras de Estêvão Araújo, o Picasso brasileiro". A matéria descrevia como Araújo se retirara do mundo da venda de artes e como, pouco a pouco, no decorrer dos seis meses anteriores, "Estêvão nos deixou espiar o mundo no qual se exilou pelos últimos vinte e cinco anos. E que mundo maravilhosamente glorioso! Lentamente, ele desvelou uma deslumbrante obra-prima por vez. Agora, muitas dessas obras magistrais estão expostas juntas. Nós, e o Brasil inteiro, viemos a descobrir que magnífica coleção de suas próprias obras-primas ele esteve acumulando."

O artigo prosseguia: "Estêvão não gosta da palavra 'acumular'; prefere dizer: 'reter', sem explicar a nuance de significado pretendida."

Um artigo foi publicado nos principais jornais do Rio de Janeiro e de São Paulo, cidades frenéticas por arte, escrito pelo famoso artista argentino Camile Cantanzaro. Em essência, o artigo sugeria que todo homem, mulher e criança do Brasil devia correr para a galeria à beira-mar que expunha essas obras. "Quatorze cômodos estão repletos de mais de cento e cinquenta telas do maior artista que a América do Sul já teve. O prédio, que é protegido vinte e quatro horas por dia, possui alarmes de última geração, o que comprova o valor que se esconde em seu interior." Na primeira página de ambos os jornais, havia fotos das três pinturas expostas. Uma era o grande mural da selva amazônica que fora transportado de uma parede inteira do antigo ateliê do artista para o grande salão principal da galeria. Estimava-se que tivesse um valor de setenta e cinco milhões de dólares, e estivera exposto sem proteção no ateliê por vinte anos. Outro quadro era de uma mulher. "Ela está de pé, alta e ereta; tem cabelo volumoso, repartido no lado direito. Seu rosto é forte, com as maçãs do rosto salientes e um nariz reto. Tem pele da cor morena do Brasil, com textura. Ela tem um sorriso no rosto, um sorriso repleto de brilhantes dentes brancos em meio a lábios carnudos. Estêvão Araújo disse que o quadro é de sua esposa, que faleceu há três semanas. Ele disse que o pintara quarenta anos atrás, logo que se casaram."

A terceira pintura arrancava louvores do mundo da arte moderna. "Um Warhol brasileiro", dizia o artigo, citando um crítico de arte de Nova York que acabara de ver o quadro. Retratava dois gigantescos pares de lábios se beijando. *O Beijo* é a obra de arte mais sensual já criada", gabou o crítico. "Você consegue sentir a emoção no ponto de impacto daquele beijo."

35

Não muito depois de Estêvão Araújo se estabelecer como ícone artístico no Brasil e além, aconteceu algo incomum. Ele ficou significativamente rico pela venda de suas pinturas. Era representado pela Sotheby's em Nova York e São Paulo. Em leilões consecutivos realizados por essa casa, seus quadros alcançaram os lances máximos — um foi vendido por dezoito milhões de dólares para um empresário chinês e outro por sessenta e três milhões para, suspeitava-se, um príncipe do petróleo saudita.

O mundo das artes estava em choque. Jamais um artista novato ou perdido obtivera tão rapidamente preços como esses. Reconhecia-se e entendia-se universalmente que Estêvão Araújo era uma exceção excepcional.

Lívia tinha dois bens em seu nome: as casas — a mansão à beira-mar que transformara em galeria para Estêvão e o condomínio. Todos os outros bens — carros, contas em bancos, a empresa de concreto — estavam no nome de Chunk DeLuna e haviam sido, ou estavam em processo de ser, apreendidos pelo governo. O governo encontrou até uma conta secreta de DeLuna no Rio.

Mesmo ao se tornar famoso, Estêvão voltava escrupulosamente toda noite para casa, para sua esposa, a não ser uma vez por semana, na noite que passava no condomínio de Lívia. Quando sua esposa faleceu repentinamente, ele continuou no apartamento onde moravam por mais sete meses. Ele comprou a Galeria Beira-mar de

Lívia por três milhões de dólares em espécie. Três meses depois disso, foi morar com Lívia no condomínio na praia de Boa Viagem.

Todas as manhãs, Lívia e Estêvão caminham na praia às seis horas. Lívia vai nadar no oceano nas tardes de terça e quinta. Estêvão pinta cinco dias por semana em seu antigo ateliê, enquanto que uma equipe profissional vende suas criações na galeria à beira-mar. Lívia ainda faz aulas nas tardes de segunda e sexta, junto com outros alunos, no ateliê de Estêvão. De vez em quando, o quarto dos fundos ainda é usado depois que os outros alunos vão embora. Existe um velho calor ali que não pode ser replicado em nenhum outro lugar. Estêvão diz que esse é o único motivo de ele ainda não ter vendido o velho prédio. Eles ainda riem alto pelo sua fortuna, não a financeira; a fortuna que os encontrou, a que permitiu aquele primeiro beijo. E, nas tardes de quarta, Lívia vai à praia de Boa Viagem e senta um pouco na areia. Ela faz o sinal da cruz e uma oração por Chunk — toda quarta-feira. Ela agradece a Deus por duas coisas: por Chunk ter cuidado dela, e por ela ter sido livrada de Chunk. Pede que Deus não seja muito duro com Chunk. Ela não sabe toda a história do que fizera dele a pessoa que era, mas sabe que Deus não teve a intenção de criar o homem que se tornara a fera do Brasil.

Epílogo

À s cinco horas da manhã, no dia em que decidiu matar Chunk DeLuna, ela pegou a arma de cima do guarda-roupa enquanto seu homem estava dormindo. Ela dirigiu até os escritórios da CDL em Olinda e esperou, até que viu DeLuna entrar. Carlos também chegou, dez minutos depois. Embora ela não planejasse vê-lo, entrou com ele e disse que precisava falar com Chunk.

DeLuna ouviu os dois conversando, reconheceu as vozes e saiu de seu escritório.

Suzanne Cardoso pôs a mão dentro da bolsa e puxou a arma. Ela caminhou na direção de DeLuna, que viu a determinação em seu rosto. Ele começou a avançar na sua direção, e a uma distância de dois metros, ela lhe deu um tiro no peito. Ele ergueu a mão enfaixada, e ela atirou nele uma segunda vez.

— Seu maníaco de merda! Você quebrou o braço de Lívia porque ela ama Estêvão. — Ela parou de andar e assistiu enquanto DeLuna tentava compreender o que estava acontecendo. — Isso mesmo; ela ama Estêvão.

O rosto de DeLuna estava contorcido de ira e de dor. Ele ainda estava de pé e deu mais um passo na direção de Suzanne.

— Seu desgraçado! Você nunca mais vai machucar Lívia. — E ela disparou novamente contra o peito dele, no momento em que tentava agarrar a arma. DeLuna caiu de joelhos e, então, tombou de costas.

— Suzanne, você ficou louca? — disse Carlos, lançando-se na direção dela.

Suzanne passou por ele, colocou a arma na bolsa e saiu. Carlos a seguiu para fora da porta, gritando:

— Por quê?

Suzanne parou ao lado do carro e se virou.

— Você, de todas as pessoas, sabe por quê. Essa fera não merecia viver. E eu faria qualquer coisa — qualquer coisa — para impedir que ele machucasse minha amiga Lívia de novo.

Onde encontrar Tom Connolly na internet:

Twitter: http://www.twitter.com/tomcontcg
Facebook: http://www.facebook.com/tom.connolly775
Linkedin:
https://www.linkedin.com/profile/view?121210778%2FTomConnolly
Smashwords: http://www.smashwords.com/interview/tomcon

Outros livros de Tom Connolly

Os Adorados

S ete meninos ricos, todos filhos únicos, tornam-se "irmãos" para o resto da vida, à medida que crescem, da pré-escola, passando pela Escola Brunswick em Greenwich, para se tornar adultos bem-sucedidos. No entanto, um deles pode ter cometido um assassinato na adolescência.

C.J. Strong, um jovem negro, está na prisão por um assassinato que não cometeu. Strong acredita que sabe quem é o culpado, mas permanece calado.

São as mulheres que esses homens amam quem determina seu destino conforme as vidas se desenrolam e as virtudes fraquejam. Silvana DeLuna, a lavadeira de San Blas, Porto Rico, perdeu seu homem, mas reencontra o amor com um dos "irmãos", o oficial da Marinha Traynor Johnson. Santa Alba, a Miss Coamo, tomou o lugar de Valerie McGuire no coração de Eddie Wheelwright. Valerie é uma brilhante analista financeira de Wall Street que está lutando para encontrar a parte que lhe falta.

Em breve, procure por "O Brinco Enferrujado" O detetive de homicídios da polícia de Stamford, Vito Boriello, é chamado para auxiliar o departamento de polícia de Greenwich quando as cabeças de seis mulheres jovens são encontradas num parque da cidade. Cada cabeça está sem um dos brincos. Boriello, apoiado pela esposa, Rosa, uma rádio operadora da polícia que gosta de resolver crimes com seu marido, está no rastro de um assassino sádico que está ativo há nove anos.

Sobre o autor:

T om Connolly nasceu em Cambridge, Massachusetts. Estudou administração na Northeastern University e desenvolvimento de organizações na Manhattanville College, onde recebeu seu diploma de *Master of Science*. Serviu na Força Aérea dos EUA por quatro anos e ficou posicionado na Base Aérea Ramstein, Alemanha, e em Déli, Índia. Depois de uma carreira na IBM, iniciou sua própria firma, o Thundercloud Consulting Group, focada primariamente na transformação do ensino superior. Ele e a esposa, Kathleen, moram em Connecticut.